大家小书

《西游记》与中国古代政治

萨孟武 著

北京出版集团公司
北京出版社

著作权合同登记号　图字：01-2011-8170

图书在版编目（CIP）数据

《西游记》与中国古代政治 / 萨孟武著．— 北京：北京出版社，2016.7（2024.8 重印）
（大家小书）
ISBN 978-7-200-12051-6

Ⅰ．①西…　Ⅱ．①萨…　Ⅲ．①《西游记》—古典小说评论②政治制度—研究—中国—古代　Ⅳ．①I207.419 ②D691.2

中国版本图书馆CIP数据核字（2016）第065418号

总策划：安　东　高立志　　　责任编辑：司徒剑萍

·大家小书·

《西游记》与中国古代政治
《XIYOU JI》 YU ZHONGGUO GUDAI ZHENGZHI
萨孟武　著
*
北京出版集团公司
北京出版社　出版
（北京北三环中路6号　邮政编码：100120）
网　址：www.bph.com.cn
北京出版集团公司总发行
新华书店经销
北京华联印刷有限公司印刷
*
880毫米×1230毫米　32开本　7.75印张　132千字
2016年7月第1版　2024年8月第8次印刷
ISBN 978-7-200-12051-6
定价：56.00元
质量监督电话：010-58572393

序　言

袁行霈

“大家小书”，是一个很俏皮的名称。此所谓“大家”，包括两方面的含义：一、书的作者是大家；二、书是写给大家看的，是大家的读物。所谓“小书”者，只是就其篇幅而言，篇幅显得小一些罢了。若论学术性则不但不轻，有些倒是相当重。其实，篇幅大小也是相对的，一部书十万字，在今天的印刷条件下，似乎算小书，若在老子、孔子的时代，又何尝就小呢？

编辑这套丛书，有一个用意就是节省读者的时间，让读者在较短的时间内获得较多的知识。在信息爆炸的时代，人们要学的东西太多了。补习，遂成为经常的需要。如果不善于补习，东抓一把，西抓一把，今天补这，明天补那，效果未必很好。如果把读书当成吃补药，还会失去读书时应有的那份从容和快乐。这套丛书每本的篇幅都小，读者即使细细地阅读慢慢地体味，也花不了多少时间，可以充分享受读书的乐趣。如果把它们当成补药来吃也行，剂量小，吃起来方便，消化起来也容易。

我们还有一个用意，就是想做一点文化积累的工作。把那些经过时间考验的、读者认同的著作，搜集到一起印刷出版，使之不至于泯没。有些书曾经畅销一时，但现在已经不容易得到；有些书当时或许没有引起很多人注意，但时间证明它们价值不菲。这两类书都需要挖掘出来，让它们重现光芒。科技类的图书偏重实用，一过时就不会有太多读者了，除了研究科技史的人还要用到之外。人文科学则不然，有许多书是常读常新的。然而，这套丛书也不都是旧书的重版，我们也想请一些著名的学者新写一些学术性和普及性兼备的小书，以满足读者日益增长的需求。

“大家小书”的开本不大，读者可以揣进衣兜里，随时随地掏出来读上几页。在路边等人的时候，在排队买戏票的时候，在车上、在公园里，都可以读。这样的读者多了，会为社会增添一些文化的色彩和学习的气氛，岂不是一件好事吗？

“大家小书”出版在即，出版社同志命我撰序说明原委。既然这套丛书标示书之小，序言当然也应以短小为宜。该说的都说了，就此搁笔吧。

《〈西游记〉与中国古代政治》序

刘勇强

明清时期流行一种说法，认为《西游记》是金代丘处机宣扬道教思想的作品。纪昀《阅微草堂笔记》卷九有个扶乩的小故事，质问“现身”的神仙丘处机：“书作于元初，其中祭赛国之锦衣卫、朱紫国之司礼监、灭法国之东城兵马司、唐太宗之太学士、翰林院中书科，皆同明制，何也？”那个虚拟出来的丘处机答不上来，便开溜了。这个故事从《西游记》中官制描写，推断其必出于明人之手，洵为卓见。不过，它没有，也不可能由此展开《西游记》与古代政治的探讨，当时人们更热衷谈论的仍是《西游记》的道教观念。到了现代，胡适、鲁迅等人对儒释道三教争说《西游记》不以为然，倾向于将其视为“游戏”、“玩世”之作。这种“忘怀得失，独存赏鉴”的阅读立场，与其说为《西游记》揭示了新的主题，不如说是开启了《西游记》自由解读的新法门。萨孟武《〈西游记〉与中国古代政治》在《西游记》接受史上的意义，或许就应放在这一背景下来看待。

萨孟武是著名的法学家、政治学家、历史学家，著述丰硕，有《政治学概论》、《中国社会问题之社会学的研究》、《社会科学概论》、《西洋政治思想史》、《中国政治思想史》、《中国社会政治史》、《儒家政论衍义》、《韩非思想与西汉监察制度》、《孔子的法治思想》等。这样的学术背景必然会影响他对小说的看法与评论小说的角度。正如他所说："研究社会科学的人是将小说看作社会意识的表现。"（《〈红楼梦〉与中国旧家庭》自序）在《〈西游记〉与中国古代政治》中，他也反复提醒读者："阅者须知本书不是以文艺的眼光，批评《西游记》；也不是以考证的方法，研究《西游记》；而是借用《西游记》的情节，借题发挥，说明政治的道理。"他是在"利用《西游记》的材料，研究吾国古代的政治现象与政治思想"。

因此，《〈西游记〉与中国古代政治》不同于一般意义上的文学研究著作，却也不同于纯粹的中国古代政治史论著，而是以稗引史、文史互证的学术随笔。照我的理解，在学术研究中，发现固然重要，联想也同样重要；有时，联想即发现。而本书正是寓发现于联想中的精彩之作。由于学通中西，尤其是深谙中国传统政治思想、制度和理论，萨孟武通过对《西游记》人物与情节不落俗套的感悟与分析，讲历史、谈政治、说法律，将自家的拿手好戏发挥到了极致。例证与论述之间，间或看似若即若离，但活络的联想式解读，却使我们能透过幻想的迷雾，以开放的眼光，体察小说家想象的现实基础与小说描写必不可少的社会意识。翻阅本书，我们经常会被作者旁征博引的学识所吸引，被作者挥洒自如的行文所感染，更被作者犀利深邃的洞察力所折服。

作为一部神怪小说，《西游记》的写实性描写往往点到即止，萨孟武总能在小说叙事的缝隙中，找到借题发挥的着力点，从而以明辨是非、评判功过的智慧，引导读者窥探历史运行的真相，把握社会发展的轨迹。书中十八篇独立成章的文章，分别涉及权力的谋夺、皇权的责任、官员的升黜、姑息政策、赏罚制度、财产律法等，这些皆为古代政治的重大问题。比如萨孟武连用三篇文章讨论孙悟空大闹天宫时各方的言行，从孙悟空的大乱之由与取败之道，到天庭苟安一时的姑息政策，再到专制时代人主不自操事、不自运筹，多方面地将此一情节与历史上的政治斗争相参照，表现出对古代政治运作机敏而深刻的体认，而殷鉴俱在，古今相通的理性点拨，尤足发人深省。

应该说，萨孟武的联想式解读并非凿空之论，他认为：“《西游记》一书谈仙说佛，语及恶魔毒怪。然其所描写的仙佛魔怪，也是受了中国社会现象的影响。换言之，社会现象映入人类的头脑之中，由幻想作用，反映出来，便成为仙佛魔怪。所以仙佛怎么样，魔怪怎么样，常随各国社会情况而不同，而吾人由于小说所描写的仙佛魔怪，亦可以知道各国的社会情况。”正与鲁迅在《中国小说史略》中论《西游记》时称其“神魔皆有人情，精魅亦通世故”是一致的，符合艺术规律，关键在于我们能否透视幻象背后的人情世故或社会现象。

其实，20世纪五六十年代，受当时意识形态影响，强调《西游记》现实意义的论文很多。例如小说第四十四回叙孙行者来至车迟国，得悉众僧遭受迫害，鼓动他们逃走，众僧说：“老爷，走不脱！……且莫说是和尚，就是剪鬃、秃子、毛稀的，都也难逃。四下里快手又多，缉事的又广，凭你怎么也是难脱。”这番话常被指为明代厂卫特务统治的写照；而妖道受车迟国国王宠信的描写，也被认为有对明世宗崇道的影射。与这些观点相比，萨孟武的联想式解读不刻求坐实某一特定史实，而着眼于历史的普遍性问题，见解更为弘通，也更具有启发性。比如孙行者充任弼马温这一“后生小辈下贱之役”，与他的能力与心性不符，萨孟武写道：

但是“孔子尝为委吏矣，尝为乘田矣，亦不敢旷其职，必曰会计当而已矣，必曰牛羊遂而已矣”。孙行者就职之初，固曾“昼夜不息，滋养马匹”，那些天马都“养得肉膘肥满”，（第四回）亦可谓忠于职务了，卜式曾在上林牧羊，羊肥息，遂迁县令，而国相，而御史大夫。（《汉书》卷五十八《卜式传》）金日磾曾在黄门养马，马肥好，亦由马监而驸马都尉，而光禄大夫，最后且受遗诏辅政。（《汉书》卷六十八《金日磾传》）由此可知官职虽小，苟有出身的机会，则英豪之士亦愿借径于小吏以发身。

可惜，神仙社会却没有“察能授官”的健全制度与拔擢机会。萨孟武继续评论说：

黄钟毁弃，瓦釜雷鸣，这是才智之士所最痛心的。孙行者说“玉帝不会用人”，（第四回）这与黄巢所说“铨贡失才”，如出一辙。明代“资格独重进士，致举贡无上进阶”。（《明史》卷二百六《陆粲传》）举贡受了歧视，所以李自成一反，举人李岩、牛金星等，皆往投自成……自成能够大乱天下，而明祚因之而亡，未始不是明代举官太重资格为其原因。

也许我们不能，也不应将孙悟空的大闹天宫与特定的历史人物或事件联系起来，但现实政治中普遍存在的对人才的压抑，无疑是《西游记》此一描写重要的社会基础。其他如由玉帝不留显圣真君在天宫保驾推测其“大率也是文帝遣周勃就国之意”，以免臣下有震主之威；由卷帘大将失手打碎了玻璃盏招致严惩，谈到科刑的标准；由唐僧可能擅用紧箍儿咒，谈到权力制衡的重要；由山神土地听凭莲花洞二魔驱使，谈到地方官素质与政风；由阿难伽叶向唐僧索贿，谈到“创业之主虽然望治之心甚切，而对于贪墨之臣，又往往认为可靠，而愿寄以腹心之任”。无不在纵横捭阖、收放得当的夹叙夹议中，使说部之虚构，与史实相印证。尽管萨孟武的本意不是对《西游记》作文学性的研究，但他既对相关历史驾轻就熟，又对小说情节了然于胸，故能出文入史，融会贯通，洞幽烛隐。从小说阐释角度来看，这样的抉发奇秘、演绎情理，毫无牵强附会之感，反而令人时时领略到触类旁通、别开生面之胜识妙解。

希望学术普及著作写得平易近人，是很多人努力的方向，萨孟武也曾将自己的此类写作戏称为“姨太太面孔式”

的小书，以有别于端庄的学术论著。但是，读《〈西游记〉与中国古代政治》，我却有一种感觉，对一个见识精微的学者来说，它或许已是“深入浅出”了；但有时，似乎也可以说是“浅入深出”的。比如他在《孙行者劝唐僧收起善心》篇中说：“我研究汉宋学说，以为汉学所注意的，是治国平天下之术，而非修身齐家之道；宋学所注意的，是修身齐家之道，而非治国平天下之术。汉学注意治平，并未忘记修齐之道；宋学注意修齐，而却忘记治平之术。”这种饱学之士脱口而出的精辟判断，读者如果没有一定的知识积累，恐怕一时竟会不得要领。而这也正是萨孟武的高处，他总能由浅显的故事入手，引发读者进入更广阔的知识领域，作更高层次的思考。只要读者不满足于时下所谓“浅阅读”，有扩展阅读、一同探索的兴致，往往能够获得意外的阅读快感和提高。

值得一提的是，萨孟武对古代小说匠心独运的阐释并不只是体现在这一部著作中，他的《〈红楼梦〉与中国旧家庭》、《〈水浒传〉与中国社会》同样脍炙人口。在《〈红楼梦〉与中国旧家庭》自序中，他曾说这三部著作一写家庭，一写社会，一写政治。这或许不是作者撰写三部著作初始时的有意构思，但合而观之，确实可以相辅相成。《〈水浒传〉与中国社会》早已列入了“大家小书”系列，《〈红楼梦〉与中国旧家庭》也不难觅得，读者不妨对读。

为了写这篇小文，我特意找了萨孟武的回忆录《学生时代》、《中年时代》来看，其中有不少地方关涉古代小说。他那个时代的人对古代小说的亲近程度，远比今天要高。在众多古代小说中，萨孟武认为写得最好的有三部：《红楼梦》第一，《西游记》第二，《水浒传》第三。第三姑且不论，《红楼梦》、《西游记》的排序，是区区乐于附和的。对于《西游记》，他强调是一部幽默的著作，也是鄙人深以为然的。可惜当年我写《〈西游记〉论要》时，无缘拜读《〈西游记〉与中国古代政治》。如今出版社约我为这位前辈名家的著作写序，自是愧不敢当。事实上，本书并不是一部体系严明的著作，所讨论的问题也是开放性的，循着萨孟武不同流俗的逻辑，也许读者还可以从《西游记》中找到其他有深度、有趣味的话题。则本书启人心智，又岂止在十八篇范围之内。以上拉拉杂杂，只是一点个人的阅读体会。相信读者诸君阅读了本书，必能思路大开，各出高见。

2012年12月29日于奇子轩

目 录

序

《〈西游记〉与中国古代政治》一书出版于一九五七年十二月，其印三千册，我本来只肯印一千册，因为此书看了之后，可以借给别人再看。小女公昭，必定要我印刷三千册。时过十年，三千册已经售完，然比《政治学》出版之后，竟然年年畅销，而将近两万册者，相差远了。

《〈西游记〉与中国古代政治》一方慢慢地发售，同时我又慢慢地修改，其所增加的字数约有四分之一，近日外埠及国外要买是书者颇多，经三民书局刘振强先生之劝告，我遂将新稿交与三民书局重新排印，因已修改，旧版作废。

一九六九年四月二十日

菩萨与妖精

人类的一切观念，甚至一切幻想都不能离开现实社会，从空创造出来。伦理、宗教、政治、法律的思想固然如此，而人类所想象的神仙鬼怪也是一样。《西游记》一书谈仙说佛，语及恶魔毒怪。然其所描写的仙佛魔怪，也是受了中国社会现象的影响。换言之，社会现象映入人类的头脑之中，由幻想作用，反射出来，便成为仙佛魔怪。所以仙佛怎么样，魔怪怎么样，常随各国社会情况而不同，而吾人由于小说所描写的仙佛魔怪，亦可以知道各国的社会情况。

一部二十四史不过争夺政权的历史。成者为王，败者为寇。王寇悬于成败，成败决于力之大小。王莽以外戚而篡帝位[①]，这

① 元帝三男，王皇后生成帝，成帝无后。傅昭仪生定陶王康，康生哀帝。冯昭仪生中山王兴，兴生平帝。王莽乃王皇后之弟子。参阅《汉书》卷八十《宣元六王传》，卷九十九《王莽传》。

比之杨坚以外公而夺取外孙之天下①，就亲属之远近说，杨坚未必比王莽为疏。然而王莽受尽了后人唾骂，杨坚则被视为真命天子。这种不平等的价值判断何以发生。王莽不及身而亡，杨坚统一中国，结束了五胡乱华以后三百余年的纷乱之局。一则力不足以保其身，一则力足以统一华夏，故他们所受后人的批评不同。曹操奋身于董卓肆凶之际，芟刈群雄，几平海内，他说："设使国家无有孤，不知当几人称帝，几人称王？"（《魏志》卷一《武帝纪》建安十五年注引《魏武故事》）汉祚能够延长三十余年之久，实赖曹操之力。然后人尚斥之为奸雄。宋太宗继太祖而即位，兄终弟及，为秦汉以后的创举，这犹可以说是太祖的遗志。而烛影斧声，千载视为疑案，即位之后，复迫死弟廷美，侄德昭、德芳②，其忍心比之曹操为自卫计，而弑伏后，（《后汉书》卷十下《献帝伏皇后纪》）终其身服事献帝，似还不如。而史臣乃谓"帝之功德，炳焕史牒，号称贤君"。（《宋史》卷三《太宗纪·赞》）曹操不必为文王而为文王，宋太宗可为周公

① 杨坚女丽华嫁周宣帝为后，无出。宣帝崩，子静帝立，静帝乃朱皇后所生。见《周书》卷九《皇后传》。

② 初昭宪太后（太祖母）不豫，命太祖传位太宗。或谓昭宪及太祖本意，盖欲太宗传之廷美，而廷美复传之德昭。德昭不得其死，德芳相继夭绝，廷美始不自安，忧悸成疾而卒。参阅《宋史》卷二百四十四《魏王廷美、燕王德昭、秦王德芳传》。

而不为周公，既然不为周公了，又复迫死无辜的管、蔡。顾后人所作褒贬乃薄曹操而厚宋太宗，为什么呢？争天下者不尚小节，曹操只能造成三分局势，宋太宗则能降吴越而平北汉，使五代纷乱之局复归于统一。

这种力的关系射入人类的头脑之中，于是人类所想象的神仙社会便也以力为基础。神仙的力分为两种：一在身体之内，这称为法身，如孙行者的七十二般变化是也。二在物器之中，这称为法宝，如孙行者的如意金箍棒是也。合这两者称为法力。在神仙社会法力大小不但可以决定地位高低，且又可以决定生命长短。他们虽然修成了不老之身，而一旦劫运来临，苟法力不足以抗之，则千年苦行亦将化为虚幻，且看须菩提祖师对孙行者之言：

> 五百年后，天降雷灾打你……躲得过，寿与天齐，躲不过，就此绝命。再五百年后，天降火灾烧你。这火……唤做阴火，自本身涌泉穴下烧起，直透泥垣宫，五脏成灰，四肢皆朽，把千年苦行，俱为虚幻。再五百年，又降风灾吹你。这风……唤做赑风，自囟门中吹入六腑，过丹田，穿九窍，骨肉消疏，其身自解，所以都要躲过。（《西游记》第二回）

玉帝能够领袖群仙，据如来说，“自幼修持，苦历过一千七百五十劫，每劫该十二万九千六百年”。（第七回）即其法力无边，故能享尽了仙界的富贵荣华：食则龙肝凤髓，玉液蟠桃；（第七回）居则三十三座天宫，七十二重宝殿，金阙银銮并紫府，琪花瑶草暨琼葩；（第四回）行则八景鸾舆，九光宝盖，声奏弦歌妙乐，咏哦无量神章，散宝花，喷真香。（第七回）这种享受比之人世帝皇，似有过之而无不及。这样，当然激动了孙行者的觊觎。他自幼立志修玄，远涉天涯，参访仙道，学得了筋斗云及七十二般变化，“善能隐身遁身，起法摄法，上天有路，入地有门，步日月无影，入金石无碍，水不能溺，火不能焚”，（第三回）于是下打到十八层地狱，强迫冥王勾销了生死簿上自己的名字，把有限的生命改为无限的生命；（第三回）上打到三十三天，竟令玉帝不能不采用怀柔政策，降诏招安，承认其为齐天大圣。（第四回）法力虽大，而尚不是全能，先失败于显圣真君，（第六回）再失败于佛祖如来，（第七回）压在五行山石匣之中，称为“妖猴”，历时五百余年。

力大者享尽荣华富贵，为仙为佛；力小者不肯蛰居山洞之中，养精炼气，调和龙虎，捉坎填离，（第二十六回）则成为妖魔。太上老君身边看金炉和看银炉的童子近于仙了，一旦下界，就变为二魔。（第二十六回及第三十二回）弥勒佛面前司磬的黄眉童子近于仙了，下界之后，亦变成怪物。（第六十五回）观音大士说："菩萨妖精，总是一念。"（第十七回）这个念头从何发生呢？

在神仙社会，法力大者位尊，法力小者位低。位尊的因有特别享受，而得长生不老。瑶池有蟠桃三千六百株，前面一千二百株，花微果小，三千年一熟，人吃了，成仙了道，体健身轻。中间一千二百株，层花甘实，六千年一熟，人吃了，霞举飞升，长生不老；后面一千二百株，紫纹缃核，九千年一熟，人吃了，与天地齐寿，日月同庚。（第五回）然而能够参加蟠桃嘉会的乃限于法力大的神仙。五庄观的人参果，三千年一开花，三千年一结果，再三千年才得熟，短头一万年方得吃。人若有缘，得那果子闻一闻，就活了三百六十岁，吃一个，就活了四万七千年。（第二十四回）然而有福吃这宝贝的，亦限于法力大的神仙。这样，便是法力大的得垄断仙界珍品，又因享受珍品，而得延寿长生。寿福禄三星在神仙之中，地位不为不高，因见镇元子之有人参果，尚且说道：

> 我们不及他多矣，他得之甚易，就可与天齐寿。我们还要养精炼气存神，调和龙虎，捉坎填离，不知费多少工夫。（第二十六回）

仙界珍品既为法力大者所占，法力小者例如卷帘大将，“见便曾见，却未曾吃”。（第二十四回）这样，小仙们便想另求办法了。唐僧十世修行，一点元阳未泄，有人吃他肉，延寿长生，（第三十二回）于是他们就相率下界，由神仙变为妖魔。银角大王乃太上老君身边看银炉的童子，他说：

> 我们打什么坐，立什么功，炼什么龙与虎，配什么雌与雄，只该吃他（唐僧）去了。（第三十二回）

炼气存神是要长生不老，吃蟠桃可以长生不老，吃人参果可以长生不老，吃唐僧的肉也可以长生不老。炼气存神须费许多工夫，而蟠桃、人参果又不是小仙所能享受，他们无已，只有下界吃唐僧的肉。这种情况犹如帝王食天下的租税，公卿百官分润天下的租税，其不能分润租税的，便辍耕太息，铤而走险，成者为王，败者为寇。王莽末年，群雄蜂起，而皆以寇掠为事，光武军队稍有纪律，竟令老吏垂涕，以为复见汉家威仪。其所到州郡，辄平遣囚徒，除王莽苛政，吏人喜悦，争持牛酒迎劳。（《后汉书》卷一上《光武帝纪》更始元年）这可以称为王者之师了。其实光武何曾禁止将士掠取财物？

任光为信都太守，孤城独守，“世祖曰：‘卿兵少如何？’光曰：‘可募发奔命，出攻傍县，若不降者恣听掠之，人贪财物，则兵可招而致也。’世祖从之。”（《后汉书》卷五十一《任光传》）此乃权宜之举，尚可原谅。至于“世祖会诸将，问所得财物，唯李忠独无所掠”。（《后汉书》卷五十一《李忠传》）则掳掠财物纵在光武军队，也表现为两种现象：一是普遍的，“唯”忠无之；二是公开的，故以帝王之尊，竟于会议之时，问诸将所掠财物。这与神仙下界成为妖魔，又有什么区别。同样地，“更始既至长安，居长乐宫，升前殿，诸将后至者，更始问虏掠得几何，左右侍官皆宫省久吏，各惊相视”。（《后汉书》卷十一《刘玄传》）同一问也，而后人之解释竟然不同[①]。此盖得天下的，又常得到另一种权力，即编纂历史的权，吾人试称之为编史权。史官对于皇帝难免不多写好的，少写坏的，于是好的遂掩蔽了坏的。庄子说：“窃钩者诛，窃国者为诸侯，诸侯之门，而仁义存焉！”（《庄子》第十篇《胠箧》）此之谓也。晋文公“退三

① 《后汉书集解》卷二十一《李忠传》王先谦补曰：“更始既入长安，居长乐宫，升前殿，诸将后至者，更始问虏掠得几何……此与世祖会诸将问所得财物何以异。盖世祖欲以察诸将之廉贪，其特赐李忠，所以愧厉诸将也。事有迹似而情殊者，此类是也。”

舍”而胜，（《左传》僖公二十八年）宋襄公“不重伤，不禽二毛”而败。（《左传》僖公二十二年）史家笑宋襄迂，而美晋文之守信。倘令宋襄胜而晋文败，我想史家所作评语又不同了，将谓宋襄不愧为王者之师，晋文不宜以国家而行尾生之信。玄武门之役，唐太宗不幸失败，则唐代历史必与吾人今日所读者不同。玉帝历过一千七百五十劫，才能享受无极大道。（第七回）其成仙及历过劫运，是完全依靠炼气存神乎，抑或也曾用过旁门左道乎，谁能知道，而乃享有“高天上圣大慈仁者玉皇大天尊玄穹高上帝”之号。（第三回）由此可知争天下者不但争一时之富贵，且争编史的权，借此以取得永久的名誉。生则红光满室，貌则隆准龙颜，死则大雨滂沱，天亦落泪。人乎神乎？神乎人乎？神失败则为妖，人成功则为神。孙行者说：

> 妙呵，妙呵，还是妖精菩萨，还是菩萨妖精。（第十七回）

言外有音，可以发人深省。

说到这里，我又联想到别的问题了。人类都有生存欲望，人类要维持其生存，必须吃饭穿衣，人类要吃饭穿衣，必须流汗做工。人情无不喜逸而惮劳，一方须吃饭穿衣，他方又不欲流汗做工，于是争夺之事便发生了。如何防止争夺，这是人类设置政府的原因。组织政府的人有防止争夺的责任，他们无遑做工，于是人们不能不供给他们以衣食资料。这样，租税又发生了。孟子说：

> 有大人之事，有小人之事……或劳心，或劳力。劳心者治人，劳力者治于人。治于人者食人，治人者食于人，天下之通义也。（《孟子·滕文公》上）

韩愈亦云：

> 君者出令者也，臣者行君之令而致之民者也。民者出粟米麻丝，作器皿，通货财，以事其上者也。（韩愈《原道》）

天子百官衣租食税，这固然是人民的负担，然而人民由此却能换得安居乐业之福。人类基于这种观念，遂谓神仙社会也有政府。玉帝有“文武仙卿”，（第三回）佛祖有“三千诸佛，五百罗汉，八金刚，四菩萨”。（第八回）这与人世的官僚组织似无区别。官僚分享租税，诸仙呢？据《西游记》所言，天上的生产力是极低的。蟠桃或三千年一熟，或六千年一熟，或九千年一熟。（第五回）人参果一万年只结三十个。（第二十四回）天上农作物不能供给诸仙之用，所以他们在天为神，下界就变为妖。卷帘大将贬到流沙，竟然觅取行人食用。（第八回）天蓬元帅贬下凡尘，竟然吃人度日。（第八回）二十八宿乃玉皇的侍卫，而奎星下界之后，亦咬食宫娥。（第三十回）井星打败辟寒儿，也生食其肉。（第九十二回）天上诸神形同饿鬼，玉帝对奎星说："上界有无边的胜景，你不受用，却私走一方，何也？"（第三十一回）皇帝深居禁中，哪知百官生活。事烦而禄薄，欲其毋侵渔百姓，难矣。因此，玉帝、佛祖乃别开一面，以人间的供奉为诸仙衣食之资。显圣真君坐镇灌州，"享受下方香火"，有"李虎拜还的三牲，张龙许下的保福，赵甲求子的文书，钱丙告病的良愿"。（第六回）如来亦说：

> 经不可轻传，亦不可空取。向时众比丘圣僧下山，曾将此经在舍卫国赵长者家，与他诵了一遍，保他家生者安全，亡者超脱，只讨得他三斗三升米粒黄金回来，我还说他们忒卖贱了，教后代儿孙没钱使用。（第九十八回）

上界设官置职，盖如太白金星所言：

收他的邪心，使不生狂妄，庶乾坤安靖，海宇得清宁也。（第四回）

于是无拘束的妖魔便变成有组织的仙官。战国时代的养士，秦汉以后的官僚制度，目的都是一样。即由政府征收租税，以充禄俸之用，使豪杰之士有所衣食，不至横行市井，为奸作邪。而人民缴纳租税犹如对神供奉香火一样，积极地求福如不可能，亦希望他们消极地不来降祸。欧洲各国在十九世纪初期法治国时代，政治的目的不在于积极地增加人民的福利，而在于消极地排除人民福利的障碍。吾国古代政治又退一步，不求官僚排除人民福利的障碍，只求官僚不来侵害人民的福利。如何防止他们不敢侵害人民的福利，则需要一种法律，有似观世音菩萨交给唐僧，戴在孙行者头上的紧箍帽了。（第十四回）

孙行者大乱天宫

在神仙社会，地位之高低是以法力为标准，犹如人类社会，贵贱之别应以才之大小为标准。依这标准，法力大的地位高，法力小的地位低。然则法力大小如何甄别呢？关此，我们宜先说明人类社会怎样甄别才之大小。

秦汉以前为贵族政治，采世官之制，所谓“公门有公，卿门有卿”是也。秦汉以后为官僚政治，选贤与能，所谓“贤者在位，能者在职”是也。西汉之世取士之法共有三种：一取人之贤，而甄别贤不贤则用选举，如张敞以郡卒史，察廉为甘泉仓长是也。（《汉书》卷七十六《张敞传》）二取其人之能，而甄别能不能，则用考绩，如赵广汉为阳翟令，以治行尤异，迁京辅都尉是也。（《汉书》卷七十六《赵广汉传》）三取其人之知，而甄别知不知，则用考试，如文帝时，诏举贤良文学士，晁错在选中，对策者百余人，唯错为高第，遂由太子家令（八百石）迁中大夫（比二千石）是也。（《汉书》卷四十九《晁错传》）朝廷对于各种人才立兼收并蓄之法，所以得人独多。东汉以后，用人多以试取之，博士有试，犹可说也，孝廉有试，辟举征召有试[①]，则考试不但用以甄别知不知，且又用以甄别贤不贤与能不能了。隋唐以后，变本加厉，竟认考试为国家取士的唯一方法，而所试者又限于文词，与西汉考试之“取其忠言嘉谟足以佐国，崇论宏议足以康时”（《文献通考》卷三十四“孝廉”引徐氏言）者不同。倜傥之士不肯埋首寒窗，而致文墨小技不能精通者，将无法表现其才智。“黄巢屡举进士不第，遂为盗”，（《资治通鉴》卷二百五十二唐僖宗乾符二年）他诋毁朝政，谓“铨贡失才”。（《新唐书》卷二百二十五下《黄巢传》）这事值得注意。

考试之法固然不能甄别才之大小，而既有甄别之法矣，亦足以安慰士人学子。可怜得很，神仙社会，地位高低虽以法力为标准，而甄别法力大小却无一种制度。兼以他们修成不老不死之身，不死，仙位永不出缺，不老，仙官永不退

---

① 《文献通考》卷三十九“辟举”：“按东汉用人多以试取之，诸科之中，孝廉贤良有道皆有试，迁官则如博士如尚书皆先试，至于辟举征召无不试者……而所试率文墨小技，固未足以知其贤否也。”参阅卷三十四“孝廉”引徐氏言。

休。这当然可以阻碍后起之秀的出路。豪英贤才所希望于朝廷者，在于仕途公开。任谁都能用自己的才智，以取得适当的地位。孙行者学成了一身本领，以为一到天宫，就可察能授官，哪知所授的官只是不入流的弼马温。弼马温掌养马，“养马者后生小辈下贱之役”。（第四回）但是“孔子尝为委吏矣，尝为乘田矣，亦不敢旷其职，必曰会计当而已矣，必曰牛羊遂而已矣”。孙行者就职之初，固曾“昼夜不息，滋养马匹”，那些天马都“养得肉膘肥满”，（第四回）亦可谓忠于职务了，卜式曾在上林牧羊，羊肥息，遂迁县令，而国相，而御史大夫。（《汉书》卷五十八《卜式传》）金日磾曾在黄门养马，马肥好，亦由马监而驸马都尉，而光禄大夫，最后且受遗诏辅政。（《汉书》卷六十八《金日磾传》）由此可知官职虽小，苟有出身的机会，则英豪之士亦愿借径于小吏以发身。

> 汉法，郡县秀民推择为吏，考行察廉，以次迁补，或至二千石，入为公卿。黄霸起于卒史，薛宣奋于书佐，朱邑选于啬夫，丙吉出于狱吏，其余名臣循吏由此而进者不可胜数。（《文献通考》卷三十五“吏道”引苏轼言）

然神仙社会却没有这种拔擢的机会。

> 喂得马肥，只落得道声好字，如稍有些尪羸，还要见责，再十分伤损，还要罚赎问罪。（第四回）

这样，当然激动了孙行者“心头火起”。太白金星以为籍名在箓，拘束此间，便可收其邪心，（第三回）哪知奇才小用，等于不用，用而不肯拔擢，更不能笼络豪杰之士。刘项相争之际，项羽不能任用奇士，反之刘邦乃不惜高位重金以宠人[①]，于是豪英贤才无不离开项羽而附刘邦。陈平在楚做过都尉，韩信在楚做过郎中，英布也曾以兵属项羽，（《汉书》卷四十《陈平传》、卷三十四《韩信传》、《英布传》）而皆背楚而归汉。黄钟毁弃，瓦釜雷鸣，这是才智之士所最痛心的。孙行者说“玉帝不会用人”，（第四回）这与黄巢所说“铨贡失才”，如出一辙。明代“资格独重进士，致举贡无上进阶”。（《明史》卷二百六《陆粲传》）举贡受了歧视，所以

① 陈平说：“项王不信人，其所任爱，非诸项，即妻之昆弟，虽有奇士不能用。”见《汉书》卷四十《陈平传》。郦食其说：“汉王降城，即以侯其将，得赂则以分其士，与天下同其利，豪英贤才皆乐为之用。”见《汉书》卷四十三《郦食其传》。

李自成一反，举人李岩、牛金星等，皆往投自成，为其谋主，并造谣词曰，“迎闯王，不纳粮”，使儿童歌以相煽。自成能够大乱天下，而明祚因之而亡，未始不是明代举官太重资格为其原因。

当孙行者割据花果山之时，虽然打到人间，掳掠了各种武器，打到龙宫，强取了如意金箍棒，打到地府，勾销了生死簿上的名号。（第三回）而巍巍天宫，莫测高深，尚不敢妄动问鼎之心。到了第一次招安，以山洞之妖猴，乍入天宫，最初也许震慑于宫殿之金光万道，瑞气千条。（第四回）然而物质上的富丽何能令人永久心服。隋炀帝欲以中华富乐，夸示诸蕃酋长[①]，而结果并不能慑服诸蕃，反而引起诸蕃觊觎之心。同样，孙行者既居天宫之内，习而安之，震慑变为头一次羡慕，羡慕发生觊觎，可以说是势之必然。而“认得天门内外之

① 炀帝以诸蕃酋长毕集洛阳，元宵日，于端门街盛陈百戏，戏场周围五千步，执丝竹者万八千人，声闻数十里，自昏至旦，灯火光烛天地，终月而罢，所费巨万，自是岁以为常。诸蕃请入丰都市交易，帝许之，先命整饰店肆，檐宇如一，盛设帷帐，珍货充积，人物华盛。卖菜者亦借以龙须席。胡客或过酒食店，悉令邀延就座，醉饱而散，不取其直，绐之曰中国丰饶，酒食例不取直，胡客皆惊叹。其黠者颇觉之，见以缯帛缠树，曰中国亦有贫者，衣不盖形，何如以此物与之，缠树何为，市人惭不能答。见《资治通鉴》卷一百八十一隋炀帝大业六年。

路”，（第四回）一旦叛变，更难抵御。范晔说过：

> 若二汉御戎之方失其本矣，何则，先零侵境，赵充国迁之内地，当煎作寇，马文渊徙之三辅，贪其暂安之势，信其驯服之情，计日月之权宜，忘经世之远略，岂夫识微者之为乎！（《后汉书》卷一百十七《西羌传·论》）

所幸者，孙行者第一次招安，只居天宫半月有余，（第四回）虽然熟悉天上的形势，而尚未识天上的虚实。到了第二次招安，封为齐天大圣，照太白金星说：“且在天壤之间，收他的邪心，使不生狂妄，庶乾坤安靖，海宇得清宁也。”孙行者果然是“遂心满意，喜天喜地”，（第四回）然而有官无职，亦复可虑。“小人闲居为不善”，志小者淫荒越法，志大者睽孤横逆。孙行者“日食三餐，夜眠一榻，无事牵萦，自由自在”，（第五回）何能“安心定志”，（第四回）势唯“会友游宫，交朋结义，与那九曜星，五方将，二十八宿，四大天王，十二元辰，五方五老，普天星相，河汉群臣，俱以弟兄相待，彼此称呼，今日东游，明日西荡，云来云去，行踪不定”。（第五回）于是又发生了两种结果，东游西荡，熟悉了山川形势，会朋交友，领会了天将本事而知天宫虚实，不反则已，反则难于收拾。

许旌阳似已看到此点，所以启奏玉帝："近有齐天大圣，日日无事，闲游结交，天上诸星宿，不论高低，俱称朋友，恐后来闲中生事，不若与他一件事管了，庶免别生事端。"（第五回）我们研究历史，知道革命须有组织，而要从事组织，又须联络各方人士。许旌阳以孙行者"闲游结交"，恐其"别生事端"，确是识微之见。秦末，人心思乱，而最初起义的不是豪族的项梁，也不是流氓的刘邦，而是戍卒的陈胜，盖唯戍卒才有组织。西汉末年，人心浮动，而起事者多属铁官徒[①]。盖汉置铁官于郡县，从事采矿冶金。工人聚集一处，既有联络，而手握铁器，不难借以起事。五胡乱华，晋室南渡，终而发生南北朝的对立。这个时代，政治腐化极了，然而历史上只见叛将，不见叛民，何以故呢？南北交战，丈夫从军旅，老弱转粮饷，人民已经疲于奔命，而役繁税重，人民工作之后，心身极感疲惫，哪有工夫以从事革命运动。孙行者"日日无事"，而又"闲游结交"，天上诸星宿俱称朋友，若有不轨之心，多么危险。所以玉帝一听

① 阳朔三年六月颍川铁官徒申屠圣等百八十人杀长吏，盗库兵，自称将军，经历九郡。永始三年十二月山阳铁官徒苏令等二百二十八人攻杀长吏，盗库兵，自称将军，经历郡国十九，杀东郡太守、汝南都尉。见《汉书》卷十《成帝纪》。

许旌阳之言，即着孙行者代管蟠桃园，“大圣欢喜谢恩”。（第五回）就此情形言之，大率是相安无事了，岂意蟠桃嘉会未被邀请，又闯了一场大祸。饮食男女，人之大欲存焉。在历史上因饮食而引起祸患者，亦有其例。苏秦为赵相，张仪上谒求见，苏秦坐之堂下，赐仆妾之食，张仪怒，遂入秦，用连横以破合纵之计。（《史记》卷七十《张仪传》）汉高祖用陈平计，以太牢进范增使者，既知为项王使者，改用恶食食之，项王疑范增与汉有私，稍夺之权，而卒兵败垓下，自刎而死。（《史记》卷七《项羽本纪》）最奇怪的莫如郑灵公烹鼋之事。

> 楚人献鼋于郑灵公，公子宋与子家将见，子公之食指动，以示子家曰，他日我如此，必尝异味。及入，宰夫将解鼋，相视而笑。公问之，子家以告。及食大夫鼋，召子公而弗与也。子公怒，染指于鼎，尝之而出。公怒，欲杀子公。子公与子家谋先。夏弑灵公。（《左传》宣公四年）

推子公之意，固以为一饮一啄莫非前定，而由灵公看来，饮食虽微，权力亦在君主。一位召而弗与，一位染指而尝，迹近儿戏，其实可以说是“天”与“人”的斗争，即神权与君权的斗争。闲话少说，言归正传。孙行者既封为齐天大圣，开府置吏，（第四回）其于仙界，官不可谓不高矣。而蟠桃胜会竟然不许参加。孙行者以为“我乃齐天大圣，就请我老孙做个尊席，有何不可”。（第五回）顾仙界也和人世一样，官僚办事，往往格于“旧规”。旧规请者皆请，旧规没有姓名的，虽然名注齐天，官称大圣，亦不在邀请之列。（第五回）这由孙行者看来，当然有害其自尊心，于是偷吃了仙品仙酒，又误入兜率天宫，偷吃了太上老君的五个葫芦金丹。孙行者知大祸已闯，所怕的乃是“惊动玉帝，性命难存”。（第五回）走，走，走，走到下界为王。即此时尚有畏敬玉帝之意，而无窥取帝位之心。

到了玉帝派兵讨伐，天将“一个个倒拖器械，败阵而走”，（第五回）既为显圣真君所擒，而刀砍斧剁，雷打火烧，莫想伤及其身。（第七回）最后虽为老君领去，放在八卦炉中，以火煅炼，而仍不能将其化为灰烬。结果，还是跳出丹炉，“大乱天宫，打得九曜星闭门闭户，四天王无影无形”。（第七回）这个时候孙行者才萌轻视天宫之心，而欲夺取玉帝尊位。

政治不过“力”而已。最初还是物质上的力，积时既久，人们对“力”发生了畏敬情绪，于是物质上的力变为精神上的权威。物质上的力是有限的，精神上的权威则莫测高深。孙行者最初还惧“惊动玉帝，性命难存”，就是因为玉帝高高在上，尚有权威。但是吾人须知最能表示政治之力者莫如军事。军事失败，将令人们怀疑政府的统治力。隋炀帝时，役繁税重，“百姓思乱，从盗如市”。（《隋史》卷六十四《鱼俱罗传》）然而此辈只是饥寒交迫之徒，其势虽足以扰乱社会，而却不足以变易皇朝。到了大业八年车驾渡辽，亲征高丽，大败而归，皇室的权威便降低了。所以大业九年第二次讨伐高丽之际，世家子弟的杨玄感就乘机起事，而乱事规模亦忽然扩大。“大则跨州连郡，称帝称王；小则千百为群，攻城剽邑”，（《隋史》卷四《炀帝纪·史曰》）隋祚随之而亡。在民主国，外战可停止内讧；在专制国，外战常引起内乱。此无他，政治腐化，人心思乱，本来震慑于君主的权威，不敢反抗，军事失败，人民对于政府的力发生疑问，从而对皇室的尊严便不像从前那样畏敬。于是过去是国人莫敢言，道路以目，现在则一夫夜呼，乱者四应了。由此可知孙行者于逃出丹炉，大败天将之后，何以一反过去作风，不再畏敬玉帝，而欲窃取天位了。他要求玉帝搬出天宫，让他居住，以为“玉帝轮流做，明年到我家”。（第七回）这种革命思想与项羽所说“彼可取而代也”，刘邦所说“大丈夫当如是也”，同出一辙。弄到结果，玉帝只有借用外国军队，如来略施法力，孙行者便压在五行山石匣之中。

其实，孙行者亦有取败之道。他既已投降，籍名在箓，则与玉帝有君臣之义。臣篡君位，在吾国历史上固然不乏其例，然而须有两个条件：一是皇室式微，君主失去权威；二是臣下建立武勋，苟能树奇功于异域，则人望已归，禅让之事更易成功。司马昭平蜀之后，才敢接受九锡，传至子炎，方能称帝。晋时，桓温兵屈灞上，战败枋头，而回国之后，竟然欲移晋鼎，其不能成功，理之当然。刘裕与桓温不同，伐燕，平定齐地；伐蜀，谯纵授首；伐秦，观兵函渭。三次进兵，未曾一次失败，其武功大略不但可以震主，亦可以威民，故能坐移天历，而成移鼎之业。李延寿说：

> 宋武帝崛起布衣，非借人誉，一旦驱率乌合，奄兴霸绪，功虽有余，而德犹未洽，非树奇功于难立，震大威于四海，则不能成配天之业，一异同之心，故须外积武功，以收人望。（《南史》卷十六《王镇恶传·论》）

这个见解可以说是放之四海而皆行。袁世凯于承认二十一条之后，竟然洪宪称帝，其不成功，理之必然。恺撒树大威于西班牙，归而秉政。拿破仑立奇功于意大利，进而略取埃及，归而为独裁官。中外历史初无二致。孙行者如何呢？玉帝尚为群仙尊敬的对象，孙行者固然名注齐天，官封大圣，然而未立大威于仙界，又未树奇功于西天，只因蟠桃大会未被邀请，冲冠一怒，只为佳酿，是直子公之流，何能博得群仙同情，其觊觎帝位，终归失败，可以说是理之当然。

玉帝永保至尊的地位

万事由力决定，这不但人类社会如此，神仙社会尤见其然。

神仙的力称为法力。仙位的高低由法力大小决定，生命的长短以法力大小为标准。照须菩提祖师说："五百年后，天降雷灾打你，再五百年后，天降火灾烧你，再五百年，又降风灾吹你。"这叫作三灾，（第二回）而总称为劫。当劫运来临之时，谁法力大，谁便能逃出鬼门关。

玉帝"自幼修持，苦历过一千七百五十劫，每劫该十二万九千六百年"。（第七回）即须菩提祖师所说的劫还是小劫；玉帝所历的劫乃是大劫。历无数次的大劫而不灭，可知玉帝是法力无边的。然而我们熟读了《西游记》之后，又觉得玉帝只是庸庸多后福之辈。当孙行者打到龙宫，强索兵器，打到冥府，强销死籍，龙王上表，冥王启奏，恳乞调遣天兵，收降妖孽之时，玉帝虽欲派遣神将下界擒拿，而听到太白金星提议招安，玉帝即说，“依卿所奏”。（第三回）到了孙行者嫌恶官小，逃出天宫，自称齐天大圣之时，玉帝又欲派遣天兵，下界收伏，而听到太白金星提议再降招安圣旨，玉帝复说，“依卿所奏”。（第五回）及至孙行者扰乱蟠桃大会，玉帝派了天兵天将围攻花果山，而均打得倒拖器械，败阵而走（同上）之时，观世音菩萨请调显圣真君助力剿除，玉帝闻言，即传调兵的旨意。（第六回）后来，孙行者逃出丹炉，大乱天宫，打得九曜星闭门闭户，四天王无影无形之时，玉帝自己又不略施法力，而乃传旨请佛老降妖。（第七回）玉帝有智慧而不用，有法力而不施乎？抑或既无智慧，又无法力乎？

说到这里，我不能不想尧之为君。

> 大哉尧之为君也，巍巍乎，唯天为大，唯尧则之，荡荡乎，民无能名焉。

孔子至圣，其于尧也，如斯推崇。然据《尚书》所言，尧时洪水为灾，“浩浩滔天，下民其咨”。四岳荐鲧治水，尧虽知其“方命圮族”，而仍任用之。结果如何？“九载绩用弗成”。（《尚书·尧典》）到了虞舜摄政，才“殛鲧于羽山”。（《尚书·舜典》）尧之举舜也，可以说是能知人能官人矣。其实，也是四岳所荐，观尧之言：“俞，予闻，如何”，“我其试哉”。（《尚书·尧典》）可知尧不是知舜而用之，而是因四岳之荐而试用之。班固云：“四岳谓四方诸侯”，（《汉书》卷十九上《百官公卿表》）亦即酋长会议。因酋长会议之荐而用鲧，老百姓多受九年之灾；因酋长会议之荐而用舜，天下为之大治。功过相抵，何以说“巍巍乎大哉”？

玉帝庸庸而能永享无极大道，（第七回）帝尧无为于上，而竟博得“巍巍乎大哉”之名，其故安在？因为他们都能知道治术。庄子有言：

> 上无为也，下亦无为也，是下与上同德。下与上同德，则不臣。下有为也，上亦有为也，是上与下同道；上与下同道，则不主。上必无为，而用天下；下必有为，为天下用，此不易之道也。故古之王天下者，知虽落天地，不自虑也。辩虽雕万物，不自说也。能虽穷海内，不自为也。（《庄子》第十三篇《天道》）

由此可知庄子所谓“无为”，绝不是尸位素餐，而是如管子所说：

有道之君……不言智能聪明，智能聪明者下之职也，所以用智能聪明者上之道也。（《管子》第三十篇《君臣》上）

慎子亦说：

君臣之道，臣事事，而君无事。君逸乐，而臣任劳。臣尽智力以善其事，而君无与焉，仰成而已，故事无不治……人君自任……则是代下负责蒙劳也。臣反逸矣……有过则臣反责君，逆乱之道也。（《慎子·民杂》）

岂但法家之思想如此，荀子说：

人主者以官人为能者也，匹夫者以自能为能者也。人主得使人为之，匹夫则无所移之。百亩一守，事业穷，无所移之也。今以一人兼听天下，日有余而治不足者，使人为之也。大有天下，小有一国，必自为之然后可，则劳苦耗顇莫甚焉。如是，则虽臧获不肯与天子易执业。以是悬天下，一四海，何故必自为之；为之者，役夫之道

也。(《荀子》第十一篇《王霸》)

荀子的思想传至其徒韩非，又加以发挥，韩非说：

明君之道，使智者尽其虑，而君因以断事，故君不穷于智；贤者效其材，君因而任之，故君不穷于能。(《韩非子》第五篇《主道》)

人主之道，静退以为宝。不自操事，而知拙与巧；不自计虑，而知福与咎。(同上)

试以刘邦为例吧，萧何推荐韩信，以为国士无双，汉王即拜为大将。张良劝汉王不要立六国后，汉王令趣销印。陈平蹑汉王足，汉王寤，即立韩信为齐王。娄敬劝高祖入关而都之，高祖疑未决，及闻张良言，即日驾西都关中。此数者皆可以证明高祖绝不固执己见，而从善之速又可惊人。高祖说：

夫运筹帷幄之中，决胜千里之外，吾不如子房。填国家，抚百姓，给饷馈，不绝粮道，吾不如萧何。连百万之众，战必胜，攻必取，吾不如韩信。三者皆人杰，吾能用之，此吾所以取天下者也。

计谋耶，他绝不自作主张，而听张良之言。国政耶，他绝不自作主张，而听萧何之言。攻战耶，他绝不自作主张，而听韩信之言。这种作风在争天下之时，尚是成功的条件；在守天下之时，更不失为聪明的办法。何以故呢？韩非云："有功则君有其贤，有过则臣任其罪。"（同上）"事成则君收其功，规败则臣任其罪。"（《韩非子》第四十八篇《八经》）天下最合算的事莫过于此。

在专制时代，人主所恃以维持地位者，在于其有威严。威严生于神秘，有了神秘，臣民对于君主犹如敬神一样，发生了畏敬之念。愚夫愚妇无不畏敬菩萨。菩萨何以有威严？因为菩萨是神秘的。菩萨何以神秘？一因菩萨绝不发言。天何言欤，四时生焉，百物生焉。不言乃所以保存神秘。倘若菩萨能够和人对话，试问吾人对这菩萨将作何种感想？人类所以与其他万物不同者，在人类能够发言。发言过多，由人类观之，必认为与我同类，而失去神秘的性质，万不得已而须发言，亦宜以少言为妙。唐太宗"善持论，每与公卿言及古道，必诘难往复。刘洎上书谏曰：'皇天以无言为贵，圣人以不言为德，伏愿略兹雄辩。'"（《旧唐书》卷七十四《刘洎传》）此戒人主多言也。

老子其犹龙乎，其所著《道德经》不过五千余言。孔子至圣也，观《论语》所载，孔子之言往往只有结论，而不说出理由。“学而时习之，不亦乐乎”，何以故？至圣不言，后儒言之。这便是好辩的孟子只能退居亚圣的理由；也便是《南华经》不及《道德经》奥妙的地方。二因菩萨坐在深龛之中，外挂黄帐，前焚檀香，隐隐约约，看不见庐山真面目。凡人遇到平常习见之人，往往有狎昵之念，而无畏敬的情绪。拿破仑是伟大的，而最不以拿破仑为伟大者则为约瑟芬（Josephine）。她读了拿破仑寄来的情书，看见了拿破仑求爱的丑状，拿破仑不过常人而已，哪里有什么伟大。古者天子深居九重之中，并不是单单享乐而已，盖不欲百姓目击帝王的日常生活。

> （汉七年）萧何治未央宫，上见其壮丽，甚怒，谓何曰：“天下匈匈，劳苦数岁，成败未可知，是何治宫室过度也！”何曰：“天子以四海为家，非令壮丽，无以重威。”上悦。（《汉书》卷一下《高帝纪》）

殖民地的衙署往往比其本国衙署巍峨伟大。为什么呢？不如是，不足壮威；不如是，将令士民看见总督的日常生活。

我曾到过龙虎山，会过张天师。提起张天师，谁都知道他是愚夫愚妇所认为活神仙的。然而最不相信张天师的，却是龙虎山的人民。何以故呢？他们看见了张天师出生，看见了张天师进学，看见了张天师结婚，又看见了张天师吃饭，更看见了张天师与太太吵架。一切神秘都没有了，何能引起别人畏敬的情绪。古者天子往往力足以驾御群臣，而威不足以控制阉宦，就是因为前者只见天子衮袍登场，后者常睹天子袒裼在宫中玩耍。

说到这里，离题远了。其实，不过说明"神秘"二字。玉帝不表示自己的法力，不发表自己的意见，无非要令群仙摸不着头脑，俾能保全自己的神秘。韩非所谓"不自操事"与"不自计虑"也就是玉帝不表示法力与不发表意见之意。因为施展法力，将令群仙知道自己法力之高低；有法力而不施展，仙人将莫测深浅。表示意见，将令群仙知道自己智慧之大小；有智慧而不发表，仙人亦莫测深浅。于是有法力者成为全能，有智慧者成为全知，此之谓"上德不德，是以有德"。（《老子》第三十八章）

"人主之道，不自操事"，"使贤者效其材，君因而任之"。要是自己操事，操得好，有谁赏你；操得不好，威严扫地。隋炀帝处处都要表示自己的才智，甚至欲与文人争名。

薛道衡死，帝曰："更能作'空梁落燕泥'否？"王胄

死，帝诵其佳句曰：“‘庭草无人随意绿。’复能作此语耶？”（《资治通鉴》卷一百八十二隋炀帝大业九年）

以九五之尊而竟嫉妒文人，可谓愚蠢极矣。其最愚蠢的莫过于亲征高丽。古者天子非万不得已，绝不御驾亲征。隋炀帝亲征高丽，盖欲“辚轹轩唐，奄吞周汉，振古以来，一君而已”。其实，这只是愚人愚事。命将出师，败北，尚可归罪于将；御驾亲征，大败，谁负其责？太子不过储君，尚且宁可间居无事，不宜冒险建立奇功。盖如四皓所说：“太子将兵有功，即位不益；无功，则从此受祸。”（《汉书》卷四十八《张良传》）然而隋炀帝至死不悟，且说：“我自行，犹不克，直遣人去，安得有功。”（《资治通鉴》卷一百八十二隋炀帝大业九年）玉帝不肯施展法力，这便是玉帝能够永保仙界九五之尊的理由。

“人主之道，不自计虑”，“使智者尽其虑，而君因以断事”。这种作风也是聪明之至。倘若自己计虑，计虑当耶，无赏可得；计虑不当，将失去臣民的信仰。古者，贤圣之君关于用人行政，绝不表示意见，常令群臣言之。宋时，丰稷为殿中侍御史，上疏哲宗曰：

> 陛下明足以察万物之统，而不可用其明，智足以应变曲

当，而不可用其智。（《宋史》卷三百二十一《丰稷传》）

明而不察，智而不用，盖欲保存自己的神秘。其结果，将如韩非所言：

不贤而为贤者师，不智而为智者正，臣有其劳，君有其成功，此之谓贤主之经也。（《韩非子》第五篇《主道》）

帝尧“聪明文思，光宅天下”，（《尚书·尧典》）而每事绝不固执己见，“辟四门，明四目，达四聪”，（《尚书·舜典》）故能博得“巍巍乎大哉”之名。此之谓“上德无为，而无不为”，（《老子》第三十八章）亦即荀子所说：“大巧在所不为，大智在所不虑。”（《荀子》第十七篇《天论》）他又说：

天子不视而见，不听而聪，不虑而知，不动而功，块然独坐，而天下从之如一体，如四肢之从心，夫是之谓大形。（《荀子》第十二篇《君道》）

董仲舒亦说：

为人主者以无为为道，以不私为宝。立无为之位，而乘备具之官，足不自动，而相者道进，口不自言，而摈者赞辞，心不自虑，而群臣效当，故莫见其为之，而功成矣。（《春秋繁露》第十八篇《离合根》）

汉武帝时，丞相田蚡“言灌夫（时为九卿）家在颍川，横甚，民苦之，请案之。上曰：‘此丞相事，何请？’”（《汉书》卷五十二《灌夫传》）甚至太子弄兵，武帝“问丞相（刘屈氂）何为，丞相长史对曰：‘丞相秘之，未敢发兵。’上怒曰：‘事籍籍如此，何谓秘也？丞相无周公之风矣，周公不诛管蔡乎！’”（《汉书》卷六十六《刘屈氂传》）反之，隋文帝则不然了。

每旦临朝，日侧不倦。杨尚希谏曰：“愿陛下举大纲，责成宰辅，繁碎之务，非人主所宜亲也。”（《隋书》卷四十六《杨尚希传》）

柳彧见上勤于听受，百僚奏请多有烦碎。上疏谏曰：

比见陛下留心治道，无惮疲劳，亦由群官惧罪，不能自决，取判天旨，闻奏过多，乃至营造细小之事，出纳轻微之物，一日之内，酬答百司，至乃日旰忘食，夜分未寝，动以文簿忧劳圣躬。伏愿察臣至言，少减烦务，若经国大事，非臣下裁断者，伏愿详决，自余细务，责成有司。（《隋书》卷六十二《柳彧传》）

这种察察为明，事事皆管，似是考核名实，其实有背于君人之道。韩非说："明君不躬小事"，（《韩非子》第三十五篇《外储说右下》）又说："下君尽己之能，中君尽人之力，上君尽人之智。"（《韩非子》第四十八篇《八经》）尽己之能者自己操事；尽人之力者自己计虑；尽人之智者不自操事，不自计虑。盖如慎子所说：

君之智未必最贤于众也，以未最贤而欲以善尽被下，则不赡矣，若使君之智最贤，以一君而尽赡下则劳；劳则有倦，倦则衰，衰则复返于不赡之道也。是以人君自任而躬事，则臣不事事，是君臣易位也，谓之倒逆，则乱矣。人君苟任臣，而勿自躬，则臣皆事事矣，是君臣之顺，治乱之分，不可不察也。（《慎子·民杂》）

“宋仁宗朝，有劝仁宗以收揽权柄，凡事皆从中出，勿令人臣弄威福。仁宗曰：‘卿言固善，然措置天下事，正不欲专从朕出。若自朕出，皆是则可，有一不然，难以遽改。不若付之公议，令宰相行之，行之而天下不以为便，则台谏公言其失，改之为易。’”（陈亮《中兴论·论执要之道》）盖“百发失一，不足不善”。（《荀子》第一篇《劝学》）而仁宗亦以为国家的政策应由大臣决定，政策之良窳应由台谏批评，人主只可依台谏之意，更迭大臣，依大臣之意，决定政策。其实，仁宗好“内降玺书”。（《宋史》卷三百十一《庞籍传》）神宗亦“多出亲批”，富弼曾有谏言。（《宋史》卷三百十三《富弼传》）钦宗“御笔数出”。（《宋史》卷三百七十八《刘珏传》）王介以为，“崇宁大观间，事出御批，遂成北狩之祸”。（《宋史》卷四百《王介传》）“南渡以后，此风更炽。高宗时从官皆以御笔除拜”。（《宋史》卷三百七十八《綦崇礼传》）天子既然喜下手谕，于是“百司不肯任责，事有不当上烦天听者，例多取旨。由是天子听览，每及细务”。（《宋史》卷三百八十一《晏敦复传》）宁宗“即位未三月，策免宰相，迁易台谏，悉出内批”，（《宋史》卷四百《王介传》）结果乃为奸臣利用，“韩侂胄擅命，凡事取内批特旨”，（《宋史》卷三百九十八《倪思传》，参阅卷四百七十四《韩侂胄传》）其一例也。理宗时，“今日内批，明日内批，邸报之间以内批行者居其半”。（《宋史》卷四百五《刘黻传》）度宗时，“内批叠降”。（同上）此皆末世天子喜自操事，喜自计虑之例也。荀子云：“明主好要，而暗主好详。主好要，则百事详；主好详，则百事荒。”（《荀子》第十九篇《礼论》）此之谓也。

岂但天子不宜操事，不宜计虑，就是宰相亦以不管小事为宜。“夫相大官也，处大官者，不欲小察，不欲小智”。（《吕氏春秋》卷一《孟春纪》第四篇《贵公》）汉文帝时，陈平为丞相，上问天下一岁决狱几何，天下钱谷一岁出入几何。“平曰：‘各有主者。’上曰：‘主者为谁乎？’平曰：‘陛下即问决狱，责廷尉；问钱谷，责治粟内史。’上曰：‘苟各有主者，而君所主何事也？’平谢曰：‘主臣，陛下不知其驽下，使待罪宰相。宰相者，上佐天子，理阴阳，顺四时，下遂万物之宜，外填抚四夷诸侯，内亲附百姓，使卿大夫各得任其职也。’上称善。”（《汉书》卷四十《王陵传》）宣帝时，丙吉为丞相，“尝出逢清道群斗者，死伤横道。吉过之不问，掾史独怪之。吉前行，逢人逐牛，牛喘吐舌。吉止驻，使骑吏问逐牛行几里矣。掾史独谓丞相前后失问。或以讯吉，吉曰：‘民斗相杀伤，长安令京兆尹职所当禁备逐捕，岁竟，丞相课其殿最，奏行赏罚而已。宰相不亲小事，非所当于道路问也。方春少阳用事，未可大热。恐牛近行，用暑故喘，此时气失节，恐有所伤害也。三公典调和阴阳，职所当忧，是以问之。’掾史乃服，以吉知大体。”（《汉书》卷七十四《丙吉传》）观此两事，可知汉代宰相乃决定大政方针，纵是预算上收支多少，亦可不知。因此之故，凡喜察察为明者，虽然才优而行谨，亦常不愿委之以重任。

赵禹事太尉周亚夫，亚夫为丞相，禹为丞相史，府中皆称其廉平，然亚夫弗任，曰极知禹无害，然文深，不可以居大府。（《汉书》卷九十《赵禹传》）

盖察察为明之人往往不知大体，而如范纯仁所谓“知小忘大，贪近昧远”，（《宋史》卷三百十四《范纯仁传》）令其总百官，揆百事，必顾此而失彼，偾事误国，十有其九。

当然，人主不自操事，不自计虑，而能达到有功的目的，必须人主有判断之力，又有决断之心。人主没有判断之力，则他所认以为是者，也许为非；他所认以为非者，也许为是。是非不明，将如韩非所说：“燕子哙贤子之而非孙卿，故身死为僇。夫差智太宰嚭而愚子胥，故灭于越。”（《韩非子》第三十八篇《难三》）人主没有决断之心，则迟疑不决，往往失去良机。刘邦为人，哪里有什么特出之才，只因他的判断力与决断力极强，故能成就大事。他听到萧何之言，即召韩信拜为大将；他听到张良之言，即销毁六国之印；他听到陈平之言，即立韩信为齐王；他听到娄敬之言，经张良同意之后，即日车驾西都长安。盖不“即日”，则左右大臣皆山东人，他们在洛阳已经买了地皮，建了洋楼，必劝高祖不要迁都。（参阅《汉书》卷四十《张良传》）

但是这两个条件——判断力与决断心——又不是人主所皆有的。因之，人主不自操事，不自计虑，有时将给权臣或奸臣以弄权的机会。阿斗唯诸葛亮之言是听，而不发生问题，这是历史上少有的例。宋神宗信任王安石，国事已经弄到一团糟。宁宗信任韩侂胄，度宗信任贾似道，整个国家都断送了。这种危险在立宪君主国不会发生，纵其有之，亦由人民负责。盖君主高拱于上，不负责任；负责任的乃是内阁总理，而谁为内阁总理，又以民选议员的多数意见为标准。多数议员若认某人为贤，该人就是贤；多数议员若认某项政策为对，该项政策就是对。方法简单，不致引起争端，而最后决定权则操于人民。所以政治发生问题，人民自己须负其责，不能归咎于君主。这就是英国王位稳固的原因。由此可知一国元首要谋地位之巩固，就不宜掌握大权，而想掌握大权者，地位必难巩固。一方掌握大权，他方又欲地位巩固，纵在古代专制国家亦不可能。刘向说过："天命所授者博，非独一姓也。"（《汉书》卷三十六《刘向传》）何况今日的民主国。

太白金星的姑息政策

孙行者打到龙宫，强索武器，打到冥府，强销死籍，似此目无法纪，理宜派兵讨伐，就地正法，以儆效尤。而当龙王启奏，“恳乞天兵收此妖孽”，冥王上表，“伏乞调遣天兵，收降此妖”之时，玉帝欲派神将下界收伏，而太白金星竟然建议：

> 降一道招安圣旨，把他宣来上界，授他一个大小官职，与他籍名在箓，拘束此间。（第三回）

到了孙行者嫌恶官小，反下天宫，自称齐天大圣之时，玉帝欲遣天兵下界擒拿，而太白金星又复启奏：

> 如兵与他争斗，想一时不能收伏，反又劳师。不若万岁大舍恩慈，还降招安旨意，就教他做齐天大圣。且在天

壤之间，收他的邪心，使不生狂妄，庶乾坤安靖，海宇得清宁也。（第四回）

玉帝领袖群仙，妖猴作乱，不加讨伐，而乃降诏招安，授以官职。这叫作姑息政策。姑息政策是唐代天子用以对付方镇的。欧阳修说：

夫所谓方镇各节度使之兵也……方镇相望于内地……天子顾力不能制，则忍耻含垢，因而抚之，谓之姑息之政。（《新唐书》卷五十《兵志》）

姑息政策是求苟安无事，而结果往往适得其反。专制政府的权威是用“力”维持的，不能依靠恩情。天子姑息臣下，也许出于恩情；而由方镇看来，必以朝廷为软弱无力。朝廷愈姑息，方镇愈跋扈，这是必然之势。玉帝两次降诏招安，孙悟空第一次觐见玉帝，既不拜伏参见，而又自称老孙，仙卿大惊失色，而玉帝却说：“孙悟空初得人身，不知朝礼，且姑恕罪。”（第四回）第二次觐见玉帝，官封齐天大圣，玉帝告诉他：“官位极矣，但切不可妄为。”孙悟空还是唱喏而退。（第四回）第一次不识朝仪，犹可说也；第二次不识朝仪，不无蔑视朝廷之意。似此枭鸥，而乃待以殊恩，开府置吏。（第四回）玉帝此举，由我们研究政治的人看来，不能不说他犯了极大的错误。政治不过“力”而已。凡倚力而取得大位者，不是用力以拘束之，就宜用术以折服之。韩信归汉之时，汉王“择日斋戒设坛场具礼”，拜为大将。（《汉书》卷三十四《韩信传》）英布归汉之时，汉王“方踞床洗，而召布入见”。（《汉书》卷三十四《黥布传》）盖韩信身无一卒，而英布早已为王。无一卒者，待以殊礼，信必心悦。已为王者，难免不自尊大，故宜峻其礼，令布折服。（《汉书》卷三十四《黥布传》）颜师古注曰：

> 高祖以布先久为王，恐其意自尊大，故峻其礼，令布折服，既而美其帷帐，厚其饮食，多其从官，以悦其心，此权道也。

玉帝不识此中道理，以为恩情相待，可以羁维其心，岂知孙行者并不认为恩情，反而谓群仙碌碌，莫如我何，卒至大乱天宫，要求玉帝让位，他说：“强者为尊该让我。”又说：“他（玉帝）不应久住在此。”（第七回）姑息政策必归失败，观此可以知道。

姑息政策只能苟安一时，汉初，“诸侯小者淫荒越法，大者睽孤横逆”，（《汉书》卷十四《诸侯王表》）而如贾谊所说：

> 诸王虽名为臣，虑亡不帝制而天子自为者，擅爵人，赦死罪，甚者或戴黄屋，汉法令非行也。（《汉书》卷四十八《贾谊传》）

尤以吴王濞为甚，“文帝宽不忍罚”。（《汉书》卷三十五《吴王濞传》）但是文帝好刑名之言。（《汉书》卷八十八《儒林传·序》）其宽忍不是姑息，盖准备不够，罚则生变，故乃一方宽忍，他方又依贾谊“力少则易使以义，国小则无邪心”之言，分齐为六，分淮南为三，（《汉书》卷四十八《贾谊传》）复依贾谊“梁足以扞齐赵，淮阳足以禁吴楚”之策，（同上）徙子代王武为梁王，而以淮阳为郡[①]。七国叛变，淮南三国无不附汉，（《汉书》卷四十四《淮南厉王长传》）而梁王又“城守睢阳，以拒吴楚，吴楚以梁为限，不敢过而西”，（《汉书》卷四十七《梁孝王武传》）所以周亚夫之兵一出武关，七国之乱即平。由此可知国家发生外患或内

① 文帝二年，武为代王，四年徙为淮阳王，十一年又徙为梁王，淮阳为郡。景帝二年又置淮阳国，立子余为淮阳王。

难之时，倘力不能制，必须一方宽忍，一方准备。只宽忍而不准备，国必亡；只准备而不宽忍，国必危。勾践卧薪尝胆，何曾让夫差知道。小不忍则乱大谋，为国者固不宜逞一时的意气。

唐之对付方镇与汉不同。安史乱后，“武夫战卒以功起行阵，列为侯王者，皆除节度使，由是方镇相望于内地，大者连州十余，小者犹兼三四”。（《新唐书》卷五十《兵志》）“遂擅署吏，以赋税自私，不朝献于廷，以土地传子孙”。（《新唐书》卷二百十《藩镇传·序》）他们“既有其土地，又有其人民，又有其甲兵，又有其财赋”，（《新唐书》卷五十《兵志》）一方“日治兵缮垒，天子不能绳以法”，（《新唐书》卷五十一《食货志》一）他方“朝廷或完一城，增一兵，辄有怨言，以为猜贰，常为之罢役”。（《资治通鉴》卷二百二十五唐代宗大历十二年）即朝廷对于方镇只有宽忍，而方镇对于朝廷，则不许其有任何准备。朝廷力不能制，于是姑息愈甚，“王侯通爵，越禄受之，觐聘不来，几杖扶之，逆息虏胤，皇子嫔之”。（《新唐书》卷二百十《藩镇传·序》）然而贼夫贪心没有限界，“地益广，兵益强，僭拟益甚，侈心益昌”。（同上）“喜则连衡而叛上，怒则以力而相攻，及其甚，则起而弱王室”。（《新唐书》卷六十四《方镇表·序》）由此可知姑息政策只能苟安于一时，而结果又往往引起大乱于将来。

政治以“力”为基础，“力”又需“法”扶持之。姑息之政最初因为力不能制。到了有功而不敢赏，有罪而不敢罚，而如陆贽所说：

> 欲赏一有功，翻虑无功者反侧；欲罚一有罪，复虑同恶者忧虞。（《旧唐书》卷一百三十九《陆贽传》）

则“法”亦破坏了。法纪荡然，当然是藩臣叛上，继之而发生者将校横行，又继而发生者士卒骄恣。将校横行开始于肃宗乾元元年以侯希逸为平卢节度使[①]。德宗贞元以后，“藩臣缺，必取本军所喜戴者授之”。（《新唐书》卷一百四十一《卢从史传》）朝廷既然放弃用人之权，择将校所喜戴者授以节度使之职，则野心的人不能不怡颜悦色，讨好将校。于是前此帅臣主政，而将校感其噢咻之恩，乐为之死，现在则将校擅权，而主帅之生死去留一系其手。河

---

① 《资治通鉴》卷二百二十唐肃宗乾元元年：“平卢节度使王玄志薨，上遣中使往抚将士，且就察军中所欲立者，授以旌节。高丽人李怀玉为裨将，杀玄志之子，推侯希逸为平卢军使。希逸之母怀玉姑也，故怀玉立之。朝廷因以希逸为节度使，节度使由军士废立自此始。”

东诸将杀邓景山，而请任命辛云京为河东节度使，（《资治通鉴》卷二百二十二唐肃宗宝应元年）成德军将吏诛田弘正，而请任命王廷凑为成德军节度使，（《新唐书》卷一百四十二《王廷凑传》）即其例也。

将校横行，浸假士卒也骄恣起来，因为将校欲奋取主帅的位任，不能不结士卒，以为爪牙之用，而又虑士卒之以助己者助人，患生于肘腋之间，遂不敢制以威令，只能厚其恩施。最初尚是将校收买士卒，以便实行其逐帅自立之计[1]。其次，士卒便于旧帅死时，自择新帅，号为留后，以邀命于朝廷[2]。最后士卒又撼逐主帅，选择一位傀儡，立之为节度使[3]。各地士卒以魏博牙军最为骄悍，士卒也同主帅一样，世袭其职，父

---

① 例如魏博节度使田永嗣将死，顾诸子弱，乃命从子悦知节度事，令诸子佐之。悦使绪主牙军，绪率数十人手刺悦，下令军中曰："我先王子，能立我者赏。"众乃共推绪为留后，诏即拜绪节度使。（《新唐书》卷二百十四《田悦田绪传》）。

② 例如魏博节度使田绪暴卒，子三人，季安最幼，年才十五，军人推为留后，朝廷因授魏博节度使。（《旧唐书》卷一百四十一《田季安传》）

③ 例如田布为魏博节度使，自引决，军情嚣然。史宪诚为中军都知兵马使，诸军即拥而归魏，共立为帅，国家因而命之。大和三年六月二十六日，夜为军众所害。军众害史宪诚，连声而呼曰："得衙内都知兵马使何端公（何进滔）知留后，则三军安矣！"推而立之，朝廷因授进滔魏博节度使。（《旧唐书》卷一百八十一《史宪诚何进滔传》）

子姻党盘踞军中，成为一种封建势力，主帅稍不留意，举族有被害之虞，时人以魏府牙军比之长安天子。（《新唐书》卷二百十《罗绍威传》）汴州士卒亦甚骄恣，多逐杀主帅，以利剽劫。（《旧唐书》卷一百四十五《刘玄佐传》）主帅力不能制，或“置腹心之士，幕于公庭庑下，挟弓执剑以备之”；（《资治通鉴》卷二百三十五唐德宗贞元十二年）或屈身取媚，以求士卒的欢心，“至与之杂坐饮酒，把臂拊背，或为之执板唱歌”，（《资治通鉴》卷二百五十唐懿宗咸通三年）其欲峻法以绳骄兵者，往往不旋踵反为骄兵所杀[①]。秦汉以来，有叛将，无叛兵，至唐中叶以后，方镇兵变比比皆是。推原其故，姑息政策实为厉阶。朝廷畏藩臣之生事，用姑息以羁维之；藩臣惧将校之反戈，用姑息以安抚之；将校恐士卒之叛变，用姑息以取媚之。而其结果，兵愈骄，将愈悍，藩臣亦愈跋扈。

到了五代，此风更炽。五代之世，丧乱相承，七十余年之中，易代五次，朝为藩臣，暮为天子。安重荣说：“天子兵强马壮者当为之，宁有种耶？”（《旧五代史》卷

---

① 例如陆长源为宣武军司马，初欲峻法绳骄兵，为节度使董晋所持，不克行。晋卒，长源总留后事，大言曰：“将士久慢，吾且以法治之。”举军大怒，军乱，杀长源，食其肉，放火大掠。（《新唐书》卷一百五十一《陆长源传》）

九十八《安重荣传》）这和孙行者所说：“强者为尊该让我。”（第七回）同出一辙。兵强马壮者得为天子，而在佣兵制度之下，一般士卒均预备卖给出价最高的人，因之谁赏赉最厚，谁就得兵强马壮。朱瑄悬金帛以诱朱全忠之兵，“诸军贪其厚利，私遁者甚众”，（《旧五代史》卷十三《朱瑄传》）其一例也。帝位用金帛买来，所以要维持帝位，不能吝惜金帛，唐庄宗不能平李嗣源之乱，就是因为不听宰相卢革之言，出内府金帛，优给将士。到了形势危急，急出钱帛，给赐诸军，而军士皆谓：“吾妻子已殍矣，用此奚为？”又说：“陛下赐与太晚，人亦不感圣恩。”（《旧五代史》卷三十四《唐庄宗纪》）军纪如斯腐化，当然政变相承，然而吾人须知每次政变又是出于兵变啊！唐时军士只能拥立藩帅，五代军士又能拥立天子。杨光远对乱军说：“天子盖公辈贩弄之物。”（《旧五代史》卷九十七《杨光远传》）唐明宗（李嗣源）、唐废帝（李从珂）、周太祖（郭威）、宋太祖（赵匡胤）都是由军士拥立的，其拥立未成者尚不知几何。废立天子之权操于军士，这可以说是天下之奇观，考其原因，实不能不归咎于唐代姑息之政。

现今的人常把宽大认为姑息，又把姑息认为宽大。其实，两者完全不同。冯唐讥文帝虽有廉颇、李牧不能用，（《汉书》卷五十《冯唐传》）汲黯谓武帝用人如积薪，后来者居上，（《汉书》卷五十《汲黯传》）两帝皆能忍受，这是宽大。盖冯唐官不过郎中署长，汲黯虽为右内史（即京兆尹），而无迫主之势。“众辱我”而能忍受，这反可以证明天子之阔达大度。反之，臣下苟有所恃，而乃不守朝仪，或出不逊之言，则忍受不是宽大，而只是姑息。由此可知同一言也，出之于属官，语虽不敬，亦可优容，优容乃表示吾之雅量；出之于政敌，语虽可采，亦应拒绝，因为采纳之时，世人将谓吾畏政敌，而证明政敌之力在吾之上。这是政治上的秘诀。奇怪得很，后世政治家往往不明此旨，一方不肯开怀访纳，下询刍荛，使岩穴之士愿进于阙下而伸其辞说，他方又极力敷衍野心难驯之辈，虽然没有“王侯通爵，越禄受之，觐聘不来，几杖扶之”，而软语温存，派使慰问，假之以名义，赠之以黄金，确是常见的事。刚者不敢茹，柔者不肯吐，何怪乎人们争为枭鸱，而朝廷的权威乃日渐低落。

明代初年，亦有藩国之变。结果，建文逊位，成祖入承大统。此盖建文为人既不能忍，即位伊始，即从书生齐泰、黄子澄之言，削夺周齐湘代泯诸王之地。又不能狠，在诸王之中，燕王“智勇有大略”，“屡帅诸将出征，威名大振”。（《明史》卷五《成祖纪》一）太祖崩殂之时，燕王自北平入奔丧，建文已经发表遗诏，令其无至京师了，（同上）建文元年二月燕王入觐，行皇道入，登陛不拜，监察御史劾其不敬，帝曰至亲勿问。户部侍郎卓敬密请徙南昌，以绝祸本，帝又谓燕王骨肉至亲，何得及此。（《明史纪事本末》卷十六《燕王起兵》）此际若能如相如奏筑，血犯秦王，朱虚行酒，追斩吕氏，抑数武士力耳。顾齐、黄不敢进言，建文亦仁柔寡断，失去大好机会，纵虎归山，建文地位已不安全。

历史上的事说得太多了，现再言归正传。玉帝对于孙行者极尽优容之能事，可谓姑息极矣。而皆不能买其欢心，反而引起孙行者的蔑视，卒至大乱天宫，若非佛老救驾，也许天上皇室早已易姓。此后孙行者皈依佛法，然他仍谓“天上将不如老孙者多，胜似老孙者少”，（第五十一回）所以每次觐见玉帝，不过唱个大喏，固然群仙不平，认为村野，而玉帝却说：“只得他无事，落得天上清平是幸。”（第三十一回）反之，孙行者觐见如来，却肯低头礼拜。（第五十二回）此无他，十万天兵不能抵御，如来略施法力，就把孙行者压在五行山石匣之中。以力制力乃是政治上的原则，以恩情笼络叛徒，只是姑息，不但不能钳束其人，反将引起更严重的叛变。唐及五代的历史可为殷鉴。

玉帝不留显圣真君在天宫保驾

孙行者大闹天宫之后，对于文武仙卿颇有轻视之意，他说："天上将不如老孙者多，胜似老孙者少。"（第五十一回）他所钦佩的只有显圣真君一人。他说："小圣二郎（即显圣真君），方是我的对手。"（第五十一回）他称福禄寿三老为老弟，（第二十六回）而直呼太白金星的小名，（第七十四回）唯对显圣真君颇致恭敬之礼，称之为兄长，呼之为大哥。（第六十三回）然而显圣真君虽然"神通广大"，（第六回，观世音菩萨之言）而在群仙之中，地位不算高。他非住在天宫之内，而是远居灌州，享受下方香火。当孙行者扰乱天宫，打得个个天将倒拖器械，败阵而走，（第五回）观世音菩萨请调小圣助力之时，玉帝圣旨明白说过，"成功后，高升重赏"，（第六回）然而小圣擒拿孙行者之后又如何呢？诸神都说："此小圣之功也。"（第六回）而高升重赏并未兑现。金花百朵，御酒百瓶，还丹百粒，异宝明珠锦绣等件，（第七回）纵可以视为重赏。高升呢？还是回到灌州，享受下方香火。（第七回）这与孙行者嫌恶官小，反下天宫，而竟封为齐天大圣，（第四回）比较一下，实可令人寒心。忠勇者守法而欺侮之，反叛者强悍而尊荣之。忠勇者既受欺侮，试问谁人愿意忠勇。反叛者既得尊荣，则守法者亦将变为反叛。何况玉帝圣旨既已约束“高升”，而事平之后，又复食言。政令能够施行，在于政府之有威信。所谓威信不是说用威以行信，而是说立信以树威，即威是以信为基础的。商鞅变法，必先徙木立信，到了百姓知令之必行，而后才公布变法之令，不别亲疏，不殊贵贱，一断于法，故以太子师傅，有罪亦受刑之制裁。（《史记》卷六十八《商君传》）这不但是威，而且是信。用威以行信，法家尚不赞成，要是用威以行不信，依儒家“民无信不立”，（《论语·颜渊》）将更有损政府的尊严。韩非说：

赏莫如厚而信，使民利之；罚莫如重而必，使民畏之。（《韩非子》第四十九篇《五蠹》）

玉帝对于大圣，应刑而不敢刑；对于小圣，应赏而不肯赏。

政之大本，在于刑赏，刑赏不明，政何以成。（《资治通鉴》卷七十九晋武帝泰始三年）

唐末，黄巢作乱，诸将每于获胜之后不肯穷追。平卢节度使宋威说：“昔庞勋灭，康承训即得罪，吾属虽成功，其免祸乎，不如留贼。不幸为天子，我不失为功臣。”山南东道节度使刘巨容亦说：“国家多负人，危难不吝赏，事平则得罪，不如留贼，冀后福。”（《新唐书》卷二百二十五下《黄巢传》）天子刑赏无章，何怪臣下不能信任天子。玉帝虽然不像勾践那样，兔死狗烹；而危难约束重赏，事平又复吝惜，其去唐代天子实无几何。

但是玉帝何以不愿提拔小圣，留在天宫保驾呢？固然有些帝王对于豪英之士，不肯重用；而欲于身死之后，留给儿孙提拔。盖不得志于先帝，而提拔于后主，他将感恩戴德，不会稍萌二心。这是用人之术，唐太宗之于李勣即其例也。

（太宗疾）谓太子（高宗）曰：“尔于勣无恩，今以事出之，我死，宜即授以仆射，彼必致死力矣。”乃授叠州刺史，高宗立，召授检校洛州都督洛阳宫留守，进开府仪同三司，同中书门下，参掌机密，遂为尚书左仆

射。（《新唐书》卷九十三《李勣传》）

但是玉帝没有储君，他又修成不老不死之身，永享无极大道，则唐太宗对付李勣之术似无必要。

按小圣乃玉帝的外甥，（第六回）即与玉帝有血统的关系。秦汉以前为贵族政治，秉朝政者或为宗室，或为外戚。秦欲建设中央集权的国家，商鞅变法，设军功之制，以排除宗室的势力，“宗室非有军功论，不得为属籍”。（《史记》卷六十八《商君传》）范雎为相，“强公室，杜私门”，而排除外戚的势力，于是昭王遂废太后而逐穰侯。（《史记》卷七十九《范雎传》）汉兴，制度多仍秦旧，故宗室不宜典三河，（《汉书》卷三十六《刘歆传》）又有“王舅不宜备九卿”之言。（《汉书》卷七十九《冯野王传》）末年制度废弛，禄去王室，权柄外移，王氏一门前后有五大司马继续辅政，终而发生了王莽代汉之事。外戚弄权在吾国历史上并不罕有。东汉外戚多系母后父兄，或为侍中，或典禁军。为侍中者常侍天子左右[1]，而得参与机密，窦宪就是“以侍中，内干机

① 侍中掌侍左右，赞道众事，顾问应对，见《后汉书》卷三十六《百官志》三。

密，出宣诏命”，而操弄国权的。（《后汉书》卷五十三《窦宪传》）典禁兵者在政局动荡之际，更容易利用兵权以取得政权。阎显兄弟就是“为卿校，典禁兵”而干预朝政的。（《后汉书》卷十下《阎皇后纪》）晋初，诸王出拥旄节，入居端揆，势力布于中外，遂有八王之乱，（《晋书》卷五十九《八王传》）是则同姓兄弟固不能恃以屏藩王室也。王敦尚武帝女襄城公主，桓温尚明帝女南康公主，专任阃外，手控强兵，威势既振，就有问鼎之心，（《晋书》卷九十八《王敦、桓温传》）此驸马作乱也。王恭乃孝武帝后之兄，庾楷系明帝后之侄，而皆举兵犯阙[①]，此外舅作乱也。桓玄为桓温之子，即晋之外甥，兵马既盛，就窥觎非望，篡窃天位，（《晋书》卷九十七《桓玄传》）则外甥亦不足恃了。内亲外戚一旦有权，无不反戈相向，则玉帝不敢拔擢小圣，令其统率仙将，侍卫左右，固有不得已的苦衷。何况小圣剿匪有功，而又神通广大，一般天将都不是他的敌手。以如斯之英豪，召在天宫任职，纵不至于反戈，而其势亦足以迫主。汉时，诸吕作乱，太尉周勃与丞相陈平、朱虚侯刘章共诛诸吕。周勃之功最伟，文

① 《晋书》卷八十四《王恭、庾楷传》，庾楷为庾羲之子，庾羲为庾亮之子，庾亮乃明帝庾后之兄，参阅卷七十三《庾亮传》。

帝立，拜勃为丞相。只因其有震主之威，所以二年诏遣列侯之国。三年诏曰：

> 前日吾遣列侯就国，或颇未能行。丞相朕所重，其为朕率列侯之国，乃免相就国。（《汉书》卷四十《周勃传》，参阅卷四《文帝纪》）

小圣建有大功，玉帝令其回到灌州服务，大率也是文帝遣周勃就国之意。

我这种看法并不是乱自推测。当小圣降伏大圣，大圣逃出丹炉，大乱天宫之时，在别人必将再调小圣救驾，而玉帝却请佛老降妖。（第七回）玉帝深知君人之法，对于各种事件，往往不肯自作主张。其招安大圣，是听太白金星之言；（第三回及第四回）调小圣助力，是听观世音菩萨之言。（第六回）此次未询诸仙，而即传旨请如来救驾。（第七回）不调自己的兵，而去请外国军队，为什么呢？因小圣不是大圣之敌吗，恐小圣戴震主之威，挟不赏之功，而有害帝位之安全吗？二者必有一于是。小圣既曾降伏大圣，咬天狗并未死亡，太上老君的金刚琢仍然存在，（第七回）七七四十九日以前能够降伏大圣，难道七七四十九日之后，就非大圣之敌。既是这样，则玉帝不肯再调小圣救驾，只有一个原因：“夫势在人臣之位，而有震主之威，名高天下。”此蒯通所以代韩信忧虑，（《史记》卷九十二《淮阴侯传》）小圣固然危险，而玉帝亦不安心。

其实，玉帝这种担心乃是看错了小圣之为人。观世音菩萨推荐小圣之时，曾说了一句话：“奈他只是听调，不听宣。”（第六回）调是他率兵勤王，宣是宣他入朝觐见。“听调不听宣”就是孟子所说“召之役，则往役。君欲见之，召之，则不往见之。往役义也，往见不义也”（《孟子·万章》下）之意。无事不入公门，危难不避危险，行谊如此，可以称为骨鲠之臣了。古者大有为之君必有所不召之臣。召之即来，挥之即去，这是仆妾之行。悠悠风尘皆奔竞之士，列官千百无謇谔之风，一旦遇到中原板荡，希望他们挽回狂澜，支大厦于将倾，绝不可能。然而謇谔之士往往不见容于当道。玉帝久居大位，难免糊涂。而群仙之中，元老如太上老君者，乃是老迈不任事，依违不侵权之人。后生小子除了托塔李天王与哪吒太子还有几件降妖兵器（第五十回，孙行者之言）之外，大率都是碌碌无能之辈，他们必以小圣之内迁有害于自己的前途。看吧，小圣神通广大，南海观世音菩萨尚能知道，（第六回）而群仙之中竟然无人推举。这是否因是嫉贤妒能，吾人不能无疑。唯有萧何，才肯往追韩信而荐为大将，（《史记》卷九十二《淮阴侯传》）唐之李林甫则不然了。

林甫嫉儒臣以方略积边劳，且大任。欲杜其本，以久已权，即说帝用番将，帝然之，因擢安禄山等为大将，卒称兵荡覆天下，王室遂微。（《新唐书》卷二百二十三《李林甫传》）

群仙沉默，谁能保证他们的想法不与李林甫相同。在这种官僚政治之下，小圣建立大功，玉帝纵欲提拔，亦必受了群仙牵制，而不敢举不避亲了。陆贽说：

> 欲赏一有功，翻虑无功者反侧；欲罚一有罪，复虑同恶者忧虞。罪以隐忍而不彰，功以嫌疑而不赏，姑息之道乃至于斯……此义士所以痛心，勇夫所以解体也。（《旧唐书》卷一百三十九《陆贽传》）

道教没落，理所当然。何怪《封神榜》上道教同志之慈航道人、普贤真人、文殊广法天尊在《西游记》上，竟然变成佛教信徒之三大士呢！

玉帝请如来救驾

玉帝为道教的元首，如来乃佛教的领袖。孙行者大乱天宫，文武仙卿莫能抵御。玉帝急请佛老救驾，如来略施法力，孙行者就压在五行山石匣之中。（第七回）道教产生于中国，佛教发祥于天竺，外国宗教比之中国宗教，法力更见伟大，这种观念如何发生呢？

人类在悲观绝望之时，常常发生神秘心理，而倾向于宗教思想，文化幼稚的民族尤见其然。中世纪的欧洲、五胡乱华以后的中国，宗教均乘蛮族移动之际大见流行，其理由是一样的。但是中国人民素以中华文化自夸，而乃不信奉中国固有的宗教，而去皈依外国人所创立的佛教，原因何在，吾人似有检讨的必要。一切宗教不外地上权力反映于人类的头脑之中，由幻想作用而创造出来的东西。佛教于东汉明帝之世传入中国，经魏晋而至南北朝，流行愈广。魏晋南北朝乃中国最纷乱的时代，人民陷于水深火热之中，然而国家不能拯救他们，皇帝不能拯救他们，官吏不能拯救他们，名流学者不能拯救他们。总而言之，他们固有的地上权力对于他们都没有办法，由是他们的天上权力——神，也不能得到他们的崇拜。他们不禁怀疑自己的神。他们希望换换口味，而欢迎那个为外国人崇拜而未为本国拜过的神。佛教便是在这种社会心理之中流行起来。

孙行者大闹天宫，玉皇竟请佛祖救驾。这个故事表示什么呢？孔子著《春秋》，“内诸夏而外夷狄”，（《公羊传》成公十五年）虽谓“管仲之器小哉”，（《论语·八佾》）又因其能平戎于周，而称其仁，曰“微管仲，吾其被发左衽矣”。（《论语·宪问》）在此以前，国人似不知华夷之别，申侯引犬戎攻杀幽王，平王东迁雒邑。这是历史上第一次国人勾结外族以侵华夏之例。“平王之末，周室陵迟，戎逼诸夏，自陇山以东及乎伊洛，往往有戎，当春秋时，间在中国”。（《后汉书》卷一百十七《西羌传》）而统治阶级又常引其入寇，王子带召伊洛之戎以伐襄王，（《左传》僖公十一年）襄王又以狄代郑，（《左传》僖公二十四年）颓叔桃子复奉王子带，以狄师伐周。（同上）可知此时国人对于华夷之别，不甚认识。战国以后，小股戎狄虽然同化于华夏民族，而漠北匈奴又乘中原多难之际，屡来寇边。华人受了匈奴的压迫，民族意识逐渐发生。秦既统一天下，就命蒙恬将十万之众北击胡，悉收河南地，因河为塞，又筑万里长城，以防胡骑南下。秦末大乱，继以刘项战争，匈奴又夺取河南之地，复由河南地，进阙关中。汉兴，接秦之敝，没有能力对付匈奴。由高祖而至景帝，只能用和亲政策，岁遗金缯，以安边境。贾谊曾言："匈奴侵甚侮甚，以汉而岁致金絮缯彩，是入贡职于蛮夷也。"（《贾子新书》卷四《势卑》）但是国际政治乃以力为基础，"力多则人朝，力寡则朝于人"，（《盐铁论》第四十四篇《诛秦》）此自然之理，无法否认。到了武帝，七十年间，天下殷富，财力有余，士马强盛，于是前此只求和亲，现在则决计讨伐，以报昔日之耻。武帝说："昔齐襄公复九世之仇，《春秋》大之。"（《汉书》卷九十四上《匈奴传》）壮哉斯言。及至宣帝，匈奴款塞来朝，而东胡、西戎、北狄、南蛮罔不臣朝，从而华夷之别又一变而为天下一家的思想。说匈奴，则曰夏后氏之苗裔；（同上）说西南夷，则曰高辛氏之女与其畜狗槃瓠配合而生的子孙；（《后汉书》卷八十六《南蛮·西南夷传》）说朝鲜，则曰武王封箕子于朝鲜，其后燕人卫满又入朝鲜称王；（《汉书》卷九十五《朝鲜王满传》）说西羌，则曰出于三苗。（《后汉书》卷八十七《西羌传》）这样，全亚洲的人民几乎无一不与华人有血统关系了。东汉末年，黄巾大乱，继之又有董卓之难，三国鼎立，互相攻战。晋虽统一华夏，而不及十年，由于八王之乱，引起五胡乱华，但是五胡多已汉化。降至南北朝，鲜卑种族的拓跋魏雄踞北方。拓跋魏接受中国文化较晚，道武帝（拓跋珪）之世，初建台省，置百官，此时协助道武帝者则为华人之崔玄伯，玄伯之子浩又于明元帝（拓跋嗣）及太武帝（拓跋焘）之世，掌握大权。北方遗黎已经是“虏汉相杂”。（刘知几《史通》卷三《书志》）“南谓北为索虏，北谓南为岛夷”。（《资治通鉴》卷六十九魏文帝黄初二年司马光曰）隋唐统一华夏，而隋唐皇室均是虏汉相杂。隋文帝杨坚，父忠在周赐姓普六茹氏，位至柱国大司空。文帝后独孤氏，为鲜卑种族，长子勇字睍地伐，完全是胡人之名。唐高祖李渊，祖虎在周赐姓大野氏，官至柱国大将军，迁太尉。高祖后窦氏，窦氏虽为华人，而东汉灵帝时，亡奔匈奴，遂为部落大人，（《周书》卷三十《窦炽传》）即其血统似属于汉胡杂种。太宗娶长孙氏为后，长孙氏乃是鲜卑种族。隋唐皇室虽然是汉胡杂种，而却自居为华人。隋末大乱，突厥雄张于漠北，中原豪杰“虽建尊号，皆北面称臣，受其可汗之号”，（《隋书》卷八十四《突厥传》）而高祖起兵晋阳，欲得突厥之援，也“诡臣之，赠与不可计”。（《新唐书》卷二百十五下《突厥传·赞》）此皆华人勾结外族的证据。唐既统一天下，突厥颇横恣，犹如汉之匈奴一样，无岁不来寇边。唐太宗雄才大略不减汉武，对此国耻，何能不想报复。

> 帝谓群臣曰："往国家初定，太上皇以百姓故，奉突厥，诡而臣之，朕尝痛心疾首，思一刷耻于天下。"（《新唐书》卷二百十五上《突厥传》）

贞观四年，突厥外有回纥之叛变，内又频年大雪，六畜皆死，国内饥馑，太宗即命将出师，一举而歼灭之。隋时，炀帝三驾辽东而皆失败，这由太宗看来，也是中国的耻辱。太宗说：

> 辽东本中国之地，隋氏四出师而不能得[①]，朕今东征，欲为中国报子弟之仇。（《资治通鉴》卷一百九十七唐太宗贞观十九年）

故又出师辽东，讨伐高丽，唐的国家成为亚洲帝国，其天子

---

① 胡三省注，隋文帝开皇十八年伐高丽，炀帝大业八年、九年、十年三伐高丽。

在内称皇帝，在外称天可汗，荒区君主非得唐之册封，不能君临其国。（《新唐书》卷二百十九《北狄传·赞》）然而四夷征服之后，又本天下一家的观念，社会上许外夷与华人杂居，政治上许外夷为国家官吏，华夷之别渐次泯灭。唐太宗曾言：

> 自古皆贵中华，贱夷狄，朕独爱之如一，故其种落皆依朕如父母。（《资治通鉴》卷一百九十八唐太宗贞观二十一年）

其实，吾国自西汉以后，当国力薄弱之时，常倡华夷之别，以唤醒民气，而征服四裔之后，又倡天下一家，以消灭异族敌忾之心。固然尚有华夷观念，然此观念非以血统为基础，而以文教为区别。陈黯在其《华心》（《全唐文》卷七百六十七）一文中，说道：

> 苟以地言，则有华夷，以教言，亦有华夷乎？夫华夷者辨在心，辨心在察其趣响。有生于中州而行戾乎礼义，是形华而心夷也。生于夷域而行合乎礼义，是形夷而心华也。

所以国家有事，常借外兵以靖内难。肃宗用回纥以平安、史；德宗用吐蕃以讨朱泚；黄巢作乱，沙陀人李克用亦出师勤王。即在唐代，借用外国军队并不稀奇。《西游记》乃追述唐代之事，凡人多依现实情况推测理想上的世界，甚至神仙鬼怪亦用现实眼光以观察之。唐代既常借用外兵，则玉皇借佛祖之力，擒捉齐天大圣，亦不足怪了。

何况唐代佛教又复盛行。汉武帝遣张骞使大夏，始闻天竺有浮屠之教，然中土未之信也。

> （东汉）明帝夜梦金人，顶有白光，飞行殿庭，乃访群臣，傅毅始以佛对。帝遣郎中蔡愔等使于天竺，写浮屠遗范。愔东还洛阳，中国有沙门及跪拜之法，自此始也。愔又得佛经四十二章及释迦立像。愔之还也，以白马负经而至，汉因立白马寺于洛阳。（《魏书》卷一百十四《释老志》）

桓帝时，宫中立浮屠之祠。（《后汉书》卷六十下《襄楷传》）三国初年，笮融“大起浮图祠，以铜为人，黄金涂身，衣以锦采。为重楼阁道，可容三千余人，悉课读佛经，令界内及旁郡人有好佛者听受道，复其他役，以招致之。由此远近前后至者五千余人，户每浴佛，多设酒饭，布席于路，经数十里，民人来观及就食，且万人，费以巨亿计”。（《吴志》卷四《刘繇传》）这是皈依佛教可以避免徭役的先例。经晋而至南北朝，佛教更见盛行，盖徭役繁重，而佛教又大开方便之门，在北朝，“愚民侥幸，假称入道，以避输课”。（《魏书》卷一百十四《释老志》）在南朝，“佛法讹替，沙门混杂，而专成逋薮”。（《宋书》卷九十七《天竺·迦毗黎国传》）但在拓跋魏时，已有“将来有弥勒佛方继释迦而降世”之言。（《魏书》卷一百十四《释老志》）隋炀帝虐用其民，而群盗为奸者遂皆以弥勒佛为号召。（参阅《资治通鉴》卷一百八十一隋炀帝大业六年春正月及卷一百八十二隋炀帝大业九年十二月）然而释迦领袖群佛已久，人类均有惰性，这种惰性发现于精神方面比之物质方面更见强烈。地上权威不过支配人类的物质，天上权威则支配人类的精神。所以到了唐代，天下太平，人类精神恢复常态之后，精神上所信仰的释迦，世人又认之为佛教的领袖。

唐承南北朝之敝，沙门有免役的权利。人民购买度牒，就可以免除徭役。最初度牒大约非由政府贩卖，中宗时，“公主外戚皆奏请度人为僧尼，亦有出私财造寺者。富户强丁皆经营避役，远近充满”。（《旧唐书》卷九十六《姚崇传》）所以魏元忠才说：“昔之卖官钱入公府，今之卖度钱入私家。”（《新唐书》

卷一百二十二《魏元忠传》）到了安史作乱，军费增加，政府为解决财政困难，就把度牒收归政府贩卖。

肃宗即位，以天下用度不充，度道士僧尼，不可胜数。（《新唐书》卷五十一《食货志》一）

但是这个方法只能救一时之穷，接着而来者则为丁口减少，徭赋乏匮，中宗时，已经发生问题。李峤说：

国计军防并仰丁口，今丁皆出家，兵悉入道，征行租赋何以备之。（《新唐书》卷一百二十三《李峤传》）

安史乱后，干戈云扰，人民更想逃避兵役，德宗时，杨炎曾言：

凡富人多丁者率为官为僧，以免役。贫人无所入，则丁存。故课免于上，而赋增于下，是以天下残瘁，荡为浮人，乡居地著，百不四五。（《旧唐书》卷一百十八《杨炎传》）

敬宗时，李德裕亦说：

> 泗川……户有三丁，必令一丁落发，意在规避王徭，影庇资产，自正月已来，落发者无算。（《旧唐书》卷一百七十四《李德裕传》）

佛教有这样的势力，难怪玉帝降妖，须借佛老之力，“以夷制夷”为吾国古代御戎之法。汉晁错说：“以蛮夷攻蛮夷，中国之利也。”（《汉书》卷四十九《晁错传》）但是西汉对于匈奴，均用自己的兵力。东汉固然主张“以战去战”，（《后汉书》卷四十九《耿秉传》）而其政策纯是“以夷攻夷”。唐自安史乱后，更见其然。降至五代，一般军阀均欲借契丹之力，取得帝位。最初有石敬瑭，其次有赵延寿、杜重威等，（《旧五代史》卷九十八《赵延寿传》、卷一百九《杜重威传》）甚至淮南的吴也想勾结契丹以取中原。（《资治通鉴》卷二百八十一后晋高祖天福二年）北汉建国，得力于契丹之助者甚多。（《旧五代史》卷一百三十五《刘崇传》，《资治通鉴》卷二百九十二后周太祖显德元年）至于宋用元以抵金，终则为元所灭，这是读史者共知的事。借用外力以靖内难，乃吾国历史上常见的事，而其结果，莫不引起外寇冯陵。

玉帝请佛老降妖，固然只开一次安天大会，请如来坐了首席，（第八回）并不像石敬瑭那样，割燕云十六州以与契丹。然而玉帝部下的齐天大圣孙悟空、天蓬元帅猪悟能、卷帘大将沙悟净，竟然改宗佛教，由道士变为和尚。借用外兵，固然无须割地，而臣民变心，亦复可虑。

卷帘大将失手打碎了琉璃盏

显圣真君立大功而轻赏，卷帘大将（即沙和尚）犯小过而重刑。刑赏无章，道教没落，理所当然。玉帝主宰万物，而对其仙卿，刑赏尚且无章，则人世与天宫相隔渺茫，更何能望其明察秋毫，刑当其罪，赏称其功。今据《西游记》所言，卷帘大将因在蟠桃会上，失手打碎了琉璃盏，玉帝把他打了八百，贬下界来，又教七日一次，将飞剑穿他胸胁百余下方回。（第八回）这种处罚比之天蓬元帅（即猪八戒）因为带酒戏弄嫦娥，玉帝把他打了二千锤，贬下凡尘，而没有其他科刑，（第八回）似乎有欠公平。天宫乃清净之地，身为大将而乃调戏妇女，然其所受刑罚以贬下凡尘为止。失手打碎一个杯子，贬下凡尘之后，还要受飞剑穿胸之苦。科刑轻重之标准何在，吾人实难了解。

人类每依自己的环境，推测宇宙万物。古代制定法律之权属于天子。天子制定法律每依一己之意，不受任何拘束。汉时廷尉杜周说：

> 三尺安出哉，前主所是著为律，后主所是疏为令，当时为是，何古之法乎？（《汉书》卷六十《杜周传》）

所以古人所谓法律只是皇帝的意思。人类社会如此，由是人类所想象的神仙社会遂亦不能例外。在《西游记》第八回中，描写玉帝对于两位天将所科的刑与他们两人所犯的罪不甚相称，此盖天上法律亦由玉帝制定，玉帝认为是者就是法律。凤仙郡郡侯将斋天素供，推倒喂狗，玉帝认为冒犯上天，罚以三年亢旱。（第八十七回）王赫斯怒，遗害黎民，上天之降祸似只凭玉帝一时冲动。

失手打碎琉璃盏，在人类社会，并不构成任何犯罪行为。而在神仙社会，犯者除贬下凡尘之外，尚须受飞剑穿胸之刑，法理上虽无根据，事实上必有原因。自齐天大圣大闹天宫之后，玉帝的权威已经减少。玉帝要维持自己的权威，不能不采用恐怖政策，迫令群仙帖服。人们所想象的天上制度必不能脱掉人类制度的影响。吾国数千年来，都是君主专制政治，所以古人所想象的天上制度也是玉帝的专制政治。孟德斯鸠在《法意》一书之中，以恐怖（fear）为专制政治的原理（principle），盖人民服从政府，不是出于衷心爱戴，而是由于恐怖所迫。专制君主恐人民反抗，必须利用恐怖，使人战栗。所以君主的专制权力一旦减少，人民不再恐怖，则国家必随之瓦解[①]。这在吾国历史上不难举出许多证据，现在只以秦代为例，说明孟氏所言之非伪，并借以阐明玉帝何以要科卷帘大将以重刑。

秦自商鞅变法以后，一方用法家学说以治天下，他方又不忠实遵从法家的主张。战国时代，百家争鸣，秦始皇最崇拜的莫过韩非的书，曾说：

> 嗟乎，寡人得见此人，与之游，死不恨矣！（《史记》卷六十三《韩非传》）

由此一语，吾人不难推测韩非思想对于始皇必有若干影响。韩非学于荀卿，荀卿以为“人之性恶，其善者伪也”。（《荀子》第二十三篇《性恶》）他说：

---

① 参阅F. W. Coker，Readings in Political Philosophy，rev. ed.，1938，p. 615.

好荣恶辱，好利恶害，是君子小人之所同也。

又说：

凡人有所一同，饥而欲食，寒而欲暖，劳而欲息，好利而恶害，是人之所生而有也，是无待而然者也，是禹桀之所同者也。（《荀子》第四篇《荣辱》。第五篇《非相》亦有同样文句）

荀子所谓人性，其实就是人情。故他又说：

夫人之情，目欲綦色，耳欲綦声，口欲綦味，鼻欲綦臭，心欲綦欲，此五綦者人情之所必不免也。（《荀子》第十一篇《王霸》）

《史记》卷七十四，荀子与孟子同传，而自《汉书》卷三十《艺文志》以荀子学说划归儒家之后，历代均视荀子为儒家之徒。儒家并不反对人情。《礼运》有“饮食男女，人之大欲存焉。死亡贫苦，人之大恶存焉。”《论语·里仁》篇又有“富与贵是人之所欲也，贫与贱是人之所恶也。”孔子不但不反对人情，且欲利用人情。他说：“示之以好恶，而民知禁”，注云：“示好以引之，示恶以止之，则人知有禁令，不敢犯也。”（《孝经》第七章《三才》）儒家如此，法家尤见其然。管子说：

民利之则来，害之则去。民之从利，如水之走下于四方无择也。故欲来民者，先起其利，虽不召而民自至。说其所恶，虽召之，而民不来也。（《管子》第六十四篇《形势解》）

又说：

夫凡人之情，见利莫能勿就，见害莫能勿避，其商人通贾倍道兼行，夜以继日，千里而不远者，利在前也。渔人之入海，海深万仞，就彼逆流，乘危百里，宿夜不出者，利在水也。故利之所在，虽千仞之山无所不上，深源之下无所不入焉。（《管子》第五十三篇《禁藏》）

商鞅亦说：

羞辱劳苦者民之所恶也，显荣佚乐者民之所务也。（《商君书》第六篇《算地》）

韩非受了荀子思想的影响，便以“性恶”为其立论的根据。他说：

医善吮人之伤，含人之血，非骨肉之亲也，利所加也。故舆人成舆，则欲人之富贵；匠人成棺，则欲人之夭死也，非舆人仁，而匠人贼也，人不贵，则舆不售；人不死，则棺不买。情非憎人也，利在人之死也。（《韩非子》第十五篇《备内》）

又说：

人为婴儿也，父母养之简，子长而怨。子盛壮成人，其供养薄，父母怒而诮之。子父至亲也，而或谯或怨者，皆挟相为，而不周于为己也。夫买庸而播耕者，主人费家而美食，调钱布而求易者，非爱庸客也，曰如是，耕者且深，耨者且熟云也。庸客致力而疾耘耕，尽功而正畦陌者，非爱主人也，曰如是，羹且美，钱布且易云也。此其养功力，有父子之泽矣，而必周于用者，皆挟自为心也。故人行事施予，以利之为心，则越人易和；以害之为心，则父子离且怨。（《韩非子》第三十二篇《外储说左上》）

即他以为人类的一切活动无一不以个人利害为标准。

人情既唯自己的利害是视，则为政之道自应因人之情。人情所视以为利者莫如赏，人情所视以为害者莫如刑。爱赏而恶刑可以说是人类的天性。政治必须顺乎人性，即须利用人类的利害观念，设赏以奖有功，陈刑以戒有罪，如是天下未有不治。管子说："明主之治也，悬爵禄以劝其民，民有利于上，故主有以使之。立刑罚以威其下，下有畏于上，故主有以牧之，故无爵禄，则主无以劝民。无刑罚，则主无以威众，故人臣之行理奉命者，非以爱主也，且以就利而避害也。百官之奉法无奸者，非以爱主也，欲以受爵禄而避罚也。"又云："明主之道，立民所欲，以求其功，故为爵禄以劝之。立民所恶，以禁其邪，故为刑罚以畏之。"（《管子》第六十七篇《明法解》）商鞅亦注："好恶者赏罚之本也，夫人情，好爵禄而恶刑罚，人君设二者以御民之志，而立所欲焉。"（《商君书》第九篇《错法》）慎子也说："天道因则大，化则细。因也者因人之情也。人莫不自为也，化而使之为我，则莫可得而用矣……故用人之自为，不用人之为我，则莫不可得而用矣，此之谓因。”（《慎子·因循》）此中原理，韩非说得更见明白。他说：“凡治天下，必因人情。人情者有好恶，故赏罚可用，则禁令可立，而治道具矣。”（《韩非子》第四十八篇《八经》）“明主之所道制其臣者，二柄而已矣。二柄者刑德也。何谓刑德？曰杀戮之谓刑，庆赏之谓德。为人臣者畏诛罚而利庆赏，故人主自用其刑德，则群臣畏其威而归其利矣。”（《韩非子》第七篇《二柄》）韩非这种言论，每为后人所诟病。其实，儒家也很注重刑赏，荀子说：“赏不行，则贤者不可得而进也。罚不行，则不肖者不可得而退也。贤者不可得而进也，不肖者不可得而退也，则能不能不可得而官也。”（《荀子》第十篇《富国》）而汉儒例如董仲舒说得更见明白：

民无所好，君无以权也。民无所恶，君无以畏也。无以权，无以畏，则君无以禁制也……故圣人之治国也……务致民令有所好，有所好，然后可得而劝也，故设赏以劝之。有所好，必有所恶，有所恶，然后可得而畏也。故设罚以畏之。既有所劝，又有所畏，然后可得而制。制之者制其所好，是以劝赏而不得多也。制其所恶，是以畏罚而不过也……故圣人之制民，使之有欲，不得过节。使之敦朴，不得无欲。无欲有欲，各得以足，而君道得矣。（《春秋繁露》第二十篇《保位权》）

岂有同宋代理学家那样，专谈仁义，因仁义而竟反对利欲。仁宗时李觏对此已有批评，他说："利可言乎？曰人非利不生，曷为不可言乎？曰欲者人之情，曷为不可言……孟子谓何必曰利，激也。焉有仁义而不利者乎？"（《李直讲文集》卷二十九《原文》）我们再看美国独立时代许多政治家之言，例如哈弥尔顿（A. Hamilton）说："我们人类最强烈的感情乃是野心（ambition）与利害（interest）。然而这两种感情每可刺激吾人活动，所以贤明政府应利用这两种感情，求其有助于公共福利。"[①]富兰克林（B. Franklin）亦说："对于人事最能给予影响者，有两种感情，即野心（ambition）与贪婪（avarice）。换言之，就是爱权力与爱金钱。它们各有伟大的力量，促使人类活动。两者集中于同一目的，每可发生强烈的效果。如果我们安排得法，使人们能够为名（honor）而努力，同时又是为利（profit）而努力，那么，人们为了取得名利，必将做其惊天动地的事

① J. Elliot，The Debates，Vol. I，1937，p. 439.

业”[①]，就可知道为政之道固须利用人类的弱点。

不过法家的言论每有矫枉过正之弊，他们既以刑赏为治道之具，故凡不爱厚赏，不畏重刑的人，即所谓“富贵不能淫，威武不能屈”的大丈夫，他们似不欢迎。管子说：“人臣之所以畏恐而谨事主者，以欲生而恶死也。使人不欲生，不恶死，则不可得而制也。”（《管子》第六十七篇《明法解》）而韩非且视之为“不令之民”，即“无益之臣”。他说：“夫见利不喜，上虽厚赏，无以劝之；临难不恐，上虽严刑，无以威之。此之谓不令之民也。”（《韩非子》第四十四篇《说疑》）“古有伯夷叔齐者，武王让以天下而弗受，二人饿死首阳之陵。若此臣者不畏重诛，不利重赏，不可以罚禁也，不可以赏使也。此之谓无益之臣也。”（《韩非子》第十四篇《奸劫弑臣》）对此不令之民，无益之臣，他竟主张除之杀之。他说：“赏之誉之不劝；罚之毁之不畏，四者加焉不变，则除之。”（《韩非子》第三十四篇《外储说右上》）他并杜撰太公望之事，以证明自己主张之合理。太公望东封于齐，执齐东居士狂矞华士而杀之。“太公望曰，先王之所以使其臣民者，非爵禄则刑罚也。今四者不足以使之，则望当谁为君乎，

① J. Elliot，The Debates，Vol. V，1937，p. 145.

是以杀之。”（同上）这种矫激的言论不为后人所谅解，固属理之当然。

法家均谓刑赏应以功罪为标准，管子说：“有犯禁而可以得免者，则斧钺不足以威众。有无功而可以得富者，则禄赏不足以劝民。”（《管子》第十五篇《重令》）“明主虽心之所爱，而无功者不赏也。虽心之所憎，无罪者不罚也。”（《管子》第六十七篇《明法解》）“行私惠而赏无功，则是使民偷幸而望于上也。行私惠而赦有罪，则是使民轻上而易为非也。”（同上）“故明主之治也……有功者赏，乱治者诛。诛赏之所加，各得其宜，而主不与焉。”（同上）商鞅亦谓：“人主之所以禁使者赏罚也。赏随功，罚随罪，故论功定罪，不可不审也。”（《商君书》卷二十四《禁使》）又谓：“有功于前，有败于后，不为损刑。有善于前，有过于后，不为亏法。”（《商君书》第十四篇《赏刑》）荀子也说：“诛赏而不类（谓赏不当功，罚不当罪），则下疑俗俭（俭当作险，谓侥幸免罪，苟且求赏也）而百姓不一。”（《荀子》第十篇《富国篇》）韩非云：“圣人之治国也，赏不加于无功，而诛必行于有罪者也。”（《韩非子》第十四篇《奸劫弑臣》）所谓“诛必行于有罪”，即“罚不加于无罪”。（《韩非子》第三十六篇《难一》）当然赏罚须与功罪相称。而如韩非所说：“用赏过者失民，用刑过者民不畏。有赏不足以劝，有刑不足以禁，则国虽大必危。”（《韩非子》第十九篇《饰邪》）不但法家，汉儒董仲舒亦说：“有功者赏，有罪者罚。功盛者赏显，罪多者罚重。不能致功，虽有贤名，不予之赏。官职不废，虽有愚名，不加之罚。赏罚用于实，不用于名。贤愚在于质，不在于文。故是非不能混，奸轨不能弄，万物各得其冥，则百官劝职，争进其功。”（《春秋繁露》第二十一篇《考功名》）既有功矣，不但要赏，且要重赏。既有罪矣，不但要刑，且要重刑。商鞅云：“赏厚而利，刑重而威。”（《商君书》第十八篇《修权》）韩非亦说：“赏莫如厚，使民利之。诛莫如重，使民畏之。”（《韩非子》第四十八篇《八经》）、第四十九篇《五蠹》又云：“赏莫如厚而信，使民利之；罚莫如重而必，使民畏之。”盖厚赏一人，可使千万人增加爱赏的情绪。重刑一人，可使千万人增加畏刑的情绪。赏一以励百，刑一以戒百，这是信赏必罚的效用。管子说：“圣人设厚赏非侈也，立重禁非戾也。赏薄则民不利；禁轻则邪人不畏。设人之所不利，欲以使，则民不尽力；立人之所不畏，欲以禁，则邪人不止。”（《管子》第四十七篇《正世》）韩非亦说：“赏厚，则所欲之得也疾；罚重，则所恶之禁也急……是故欲治甚者，其赏必厚矣；恶乱甚者，其罚必重矣……重一奸之罪，而止境内之邪，此所以为治也。重罚者盗贼也，而悼惧者良民也，欲治者奚疑于重刑。若夫厚赏者非独赏功也，又劝一国。受赏者甘利，未赏者慕业，是报一人之功，而劝境内之民也，欲治者奚疑于厚赏。”（《韩非子》第四十六篇《六反》）观韩非之言，可知重刑厚赏不但是罚有罪而奖有功，最重要的目的乃在于禁人为奸而劝人为善。

但是国家的刑赏须与社会的诽誉相应。盖“民之重名与其重利也均。赏者有诽焉，不足以劝；罚者有誉焉，不足以禁”。（《韩非子》第四十八篇《八经》）韩非曾言：“利所禁，禁所利，虽神不行。誉所罪，毁所赏，虽尧不治。”（《韩非子》第三十三篇《外储说左下》）又说：“夫赏所以劝之，而毁在焉；罚所以禁之，而誉加焉，民中立而不知所由，此亦圣人之所为泣也。”（《韩非子》第三十五篇《外储说右下》）东汉末年，阉宦当权，“天下士大夫皆污秽朝廷”。（《后汉书》卷六十七《李膺传》）即政府的赏与社会的誉不能“同轨”。人们泥涂轩冕，赏既失去效力；而党锢祸作，天下又以挂名党借为荣，愿与党人同刑，“乃至幽深牢，破室族而不顾”，（《后汉书》卷六十七《范滂传·论》）则政府的刑与社会的诽又不能“俱行”了。赏而有诽，罚而有誉，东汉灭亡，理所当然。由此可知韩非所主张的刑赏并不许人主任意定之，而须适应于一般社会的毁誉观念。更宜“编著之图书，设之于官府，而布之于百姓”，（《韩非子》第四十三篇《定法》）成为法律。法也者，乃如慎子所说：“法非从天下，非从地出，发于人间，合乎人心而已。”（《慎子·逸文》）法家之所谓法即荀子之所谓道。荀子说：“道者非天之道，非地之道，人之所道也。”（《荀子》第八篇《儒效》）哪一种功应得哪一种赏，哪一种罪应得哪一种刑，行赏施刑均以法律为规矩准绳。管子云：“明主之治也，当于法者赏之，违于法者诛之。故以法诛罪，则民就死而不怨；以法量功，则民受赏而无德也。”（《管子》第六十七篇《明法解》）又说：“有功不必赏，有罪不必诛，令焉不必行，禁焉不必止，在上位无以使下，而求民之必用，不可得也。”（《管子》第十五篇《重令》）韩非亦说：“以法治国，举措而已矣。刑不阿贵，绳不挠曲。法之所加，智者弗能辞，勇者弗敢争。刑过不避大臣，赏善不遗匹夫。”（《韩非子》第六篇《有度》）“是故诚有功，则虽疏贱必赏；诚有过，则虽近爱必诛。疏贱必赏，近爱必诛，则疏贱者不怠，而近爱者不骄也。”（《韩非子》第五篇《主道》）要是同刘颂之批评晋武帝那样，“放兕豹于公路，而禁鼠盗于隅隙”，（《晋书》卷四十六《刘颂传》）则监司将望风承旨，凡有弹劾，皆舍巨憝而举微过。刑赏失章，国而不亡，只可以视为奇迹。

总之，法家不但主张重刑厚赏，且谓明君必须依法行使刑赏，即管子所谓“不淫意于法之外，不为惠于法之内”，（《管子》第四十六篇《明法》。《韩非子》第六篇《有度》亦有同样文句）倘若“禁不胜于亲贵，罚不行于便辟，法禁不诛于严重，而害于疏远，庆赏不施于卑贱，二三而求令之必行不可得也”。（《管子》第十五篇《重令》）秦始皇如何呢？秦自孝公以后，历代君主无不刻薄寡恩，商鞅车裂以徇，张仪惧诛而亡，范雎忧愤而死。他们三人均有大功于秦，结果不过如斯。始皇天性也和秦之先君一样，所以王翦才说：“为大王将，有功终不得封侯。”（《史记》卷七十三《王翦传》）又如侯生卢生所言：“始皇为人，乐以刑杀为威。”（《史记》卷六《秦始皇本纪》三十五年）即始皇虽然崇拜韩非，而只接受韩非重刑的思想，并未采纳韩非厚赏的主张。其见解还是渊源于商鞅。商鞅说：“故行刑重其轻者，轻者不生，则重者无从至矣，此谓治之于其治也。行刑重其重者，轻其轻者，轻者不止，则重者无从止矣。此谓治之于其乱也。”（《商君书》第五篇《说民》）又说：“治国刑多而赏少，（乱国赏多而刑少，）故王者刑九而赏一，削国赏九而刑一。刑用于将过，则大邪不生；赏施于告奸，则细过不失。治民能使大邪不生，细过不失，则国治，国治必强。”（《商君书》第七篇《开塞》）“禁奸止过，莫如重刑，刑重而必得，则民不敢试，故国无刑民。国无刑民，故曰明刑不戮。”（《商君书》第十七篇《赏刑》）“以杀去杀，虽杀可也，以刑去刑，虽重刑可也。”（《商君书》第十八篇《画策》）然而韩非亦不能辞其咎。岂但韩非，管子亦然。管子说：“凡牧民者欲民之正也。欲民之正，则微邪不可不禁也。微邪者大邪之所生也。微邪不禁，而求大邪之无伤国不可得也。”（《管子》第三篇《权修》）按法家所谓法治，其实，乃是“威治”。韩非说：“母之爱子也倍父，父令之行于子也十母；吏之于民无爱，令之行于民也万父。母积爱而令穷，吏用威严而民听从，严爱之筴亦可决矣。”（《韩非子》第四十六篇《六反》）“今有不才之子，父母怒之弗为改，乡人谯之弗为动，师长教之弗为变，夫以父母之爱，乡人之行，师长之智，三者加焉，而终不动其胫毛。州郡之吏操官兵，推公法，而求索奸人，然后恐惧，变其节，易其行矣。故父母之爱不足以教子，必待州郡之严刑者，民固骄于爱，听于威矣。”（《韩非子》第四十九篇《五蠹》）韩非由“威治”

出发，又进一步而说："今不知治者皆曰，重刑伤民，轻刑可以止奸，何必于重哉？此不察于治者也。夫以重止者，未必以轻止也，以轻止者，必以重止矣。是以上设重刑者而奸尽止，奸尽止，则此奚伤于民也。"（《韩非子》第四十六篇《六反》）又说："行刑，重其轻者，轻者不至，重者不来，此谓以刑去刑。罪重而刑轻，刑轻则事生，此谓以刑致刑，其国必削。"（《韩非子》第五十三篇《饬令》）是则法家的"威治"，其实，又是"刑治"，更确实言之，还是重刑之治。

但是我们须知法家思想须与道家思想相辅而行。法家明罚饬法，道家清净无为。有了法家的制度，而后政府才能因循法令，垂拱而治；有了道家的精神，而后政治不至烦苛，人民乐于接受。老子云："法令滋章，盗贼多有。"（《老子》第五十七章）而最可怕的还是朝令暮改。韩非说："法禁变易，号令数下，可亡也。"（《韩非子》第十五篇《亡征》）又说："治大国而数变法，则民苦之，是以有道之君贵虚静而重变法。"（《韩非子》第二十篇《解老》）而管子之言更见明确。他说："君有三欲于民，三欲不节，则上位危。三欲者何也，一曰求，二曰禁，三曰令。求必欲得，禁必欲止，令必欲行。求多者其得寡，禁多者其止寡，令多者其行寡。求而不得，则威日损。禁而不止，则刑罚侮。令而不行，则下凌上。故未有能多求而多得者也；未有能多禁而多止者也；未有能多令而多行者也。故曰上苛则下不听。”（《管子》第十六篇《法法》）始皇未能了解此中道理，他灭六国之后，不知予民休息，而乃“内兴工作，外攘夷狄，收泰半之赋，发闾左之戍，男子力耕，不足粮饷，女子纺织，不足衣服，竭天下之资财，以奉其政，犹未足以淡其欲也”。（《汉书》卷二十四上《食货志》）这种虐政能够继续下去，完全依靠“刑杀为威”，即孟德斯鸠所谓恐怖。不过始皇虽是暴君，而仍不失为一位英主，其专制魔力确已征服了人民的灵魂，使人民不敢反抗。人民无法推翻现在的社会，只想脱离现在的社会，投身于罪犯之中。他们不断地扩大罪犯的人数，而如董仲舒所说：“民愁亡聊，亡逃山林，转为盗贼，赭衣半道，断狱岁以千万数。”（同上）这样，韩非所谓“以刑去刑”反而变为“以刑致刑”了。尹文子说：“老子曰民不畏死，如何以死惧之。人民之不畏死，由刑罚过。刑罚过，民不赖其生。生无所赖，视君之威末如也。刑罚中，则民畏死，畏死由生之可乐也。知生之可乐，故可以死惧之，此人君之所宜执，臣下之所宜慎。”（《尹文子·大道》下）轻罪而受重刑，人民悲观之极，竟然失去胆量，失去自信力，自视为软弱无能的动物。他们只希望有个万能的神，出来拯救他们，而拯救的方法则为“秦亡”或“始皇死”，所以始皇末年，社会上乃传播了“秦亡”或“始皇死”的预言。“亡秦者胡也”，“始皇帝死而地分”，“今年祖龙死”（见《史记》卷六《秦始皇本纪》三十二年、三十六年）都是人心厌秦的表现。三十七年七月秦始皇果然死于沙丘了，这是多么痛快的消息，而继统的二世才不及父，而暴虐过之。他性庸懦，有自卑之感[①]。懦君往往变为暴主，凡怕别人杀我，常欲我杀别人，以杀止杀，造成恐怖的空气，使人不敢反抗。怕一人，杀一人；怕万人，杀万人；怕天下，杀天下。这是懦君的策略，二世尤见其然。李斯学于荀子，荀子固谓“赏不欲僭，刑不欲滥。赏僭则利及小人，刑滥则害及君子。若不幸而过，宁僭无滥，无滥与其害善，不若利淫”。（《荀子》第十四篇《致士》）而李斯乃说：“商君之法，刑弃灰于道者。夫弃灰薄罪也，而被刑重罚也。彼唯明主为能深督轻罪。夫罪轻且督深，而况有重罪乎，故民不敢犯也。”（《史记》卷八十七《李斯列传》）于是“法令诛罚，日益刻深，群臣人人自危……刑者相半于道，

---

① 参阅《史记》卷六《秦始皇本纪》二世元年“二世与赵高谋曰‘朕年少，初即位，黔首未集附’云云”，又“二世阴与赵高谋曰‘大臣不服，官吏尚强，及诸公子必与我争，为之奈何’云云”。

而死人日成积于市，杀人众者为忠臣”。（同上）恐怖超过限度，反亦死，不反亦死，等死，反尚有一线的希望，由是陈胜、吴广遂揭竿而起了。专制君主所恃以统治人民者乃是恐怖，由恐怖建立了权威，用权威以维持政权。陈胜发难之后，社会秩序动摇了，皇帝权威扫地了，人民恐怖减少了，天下莫不响应，“县杀其令丞，郡杀其守尉”，（《史记》卷八十九《陈余传》）而秦便随之而亡。

由此可知专制政治固以恐怖为统治的手段，但恐怖超过一定限度，往往发生相反的结果。王莽的失败就是因为“刑罚深刻，它政被乱”，（《汉书》卷二十四上《食货志》）“民摇手触禁……吏用苛暴立威，旁缘莽禁，侵刻小民，富者不能自保，贫者无以自存”，（《汉书》卷二十四下《食货志》）而致迫出民变。隋之灭亡更是因为炀帝误解了“以刑止刑”之意，骄怒之兵屡动，土木之兵不息，“人不堪命，乃急令暴条以扰之，严刑峻法以临之，甲兵威武以董之”，（《隋书》卷四《炀帝纪·史臣曰》）“穷民聚为盗贼，帝乃更立严刑，敕天下窃盗以上，罪无轻重，皆斩。百姓转相群聚，攻剽城邑，帝以盗贼不息，乃益肆淫威，又诏，为盗者籍没其家。自是群贼皆起”，（《隋书》卷二十五《刑法志》）而隋之政权便在群贼皆起之下归于瓦解。

由于吾国历史，可知单单依靠重刑的恐怖，固不足以维持政权。人世如此，天宫想亦当然。卷帘大将失手打碎了琉璃盏，既云“失手”，自不能谓为故意；纵是故意，也只负民法上的赔偿责任，绝不会构成为刑法上的犯罪行为，而竟严刑峻法以临之。卷帘大将固已认为刑罚失当，而贬到凡尘之后，玉帝又听其吃人度日，（第八回）则人类社会对于玉帝，又作如何感想。此时也，佛门弟子的“救苦救难大慈大悲南无观世音菩萨”（第八回）复到处物色“同志”，卷帘大将受其指点，果然入了沙门，皈依正果，从此洗心涤虑，再不伤生。此事就卷帘大将说，固已脱离灾障；就人类社会说，亦少了一个妖魔。一举而有两得，既可增加佛门弟子，又可博取人世欢心。佛教的策略比之道教，确实高明。在吾国历史上，道佛两教曾发生过多次斗争，佛教一天一天地兴盛，道教一天一天地没落，我们只看《西游记》上卷帘大将之事，一方恃酷刑以立威，他方秉慈悲以救世，就可了解为渊逐鱼、为丛逐雀者就是玉帝本身。

唐太宗还魂延寿二十年

善有善报，恶有恶报，这是一切宗教共通的观念。纵在阳世，因果报应亦在若明若昧之间。司马懿受两世托孤之命①，就友谊言，亦应竭股肱之力，效忠贞之节，而乃欺凌幼主，诛戮大臣，子师废齐王而立高贵乡公，昭弑高贵乡公而立陈留王，每乘废置，窃取威权，三世秉政，卒迁魏鼎，其创业之本异于前代。“晋明帝时，王道侍坐，帝问前世之所以得天下。道乃陈宣帝（司马懿）创业之始及文帝（司马昭）末高贵乡公事。明帝以面覆床曰：‘若如公言，晋祚复安得长？’”（《晋书》卷一《宣帝纪》）前此，“欺他人孤儿寡妇，狐媚以得天下”，（石勒之言，见《晋书》卷一百四《石勒载记》上）现

① 魏文帝崩，明帝践位，司马懿与曹真、陈群并受遗诏辅政；明帝崩，齐王芳立，懿又与曹爽受遗诏辅政。

在生儿（惠帝）愚暗，而又为其后（贾后）所制；前此杀害曹爽，使曹家兄弟不能屏藩王室，现在则八王作乱，骨肉自相残杀，而亡国之日，“宋受晋终，马氏遂为废姓”，（《南史》卷四十三《齐高帝诸子传·论》）可谓惨矣。而“齐受宋禅，刘宗尽见诛夷”，（同上）报应又不爽了。隋夺宇文（北周）天下，而弑隋炀帝的便是宇文兄弟；（宇文化及、宇文智及）唐夺杨（隋）之天下，而乱唐之政治的则为杨家兄妹。（杨国忠、杨贵妃）冥冥之中似有安排，这个安排似非出自神的自由意志，而是基于因果法则。

照吾国传说，司国家治乱的为上天，司个人祸福的为地府。国家治乱姑舍不谈，个人祸福则依善恶以为断。“那行善的，升化仙道；尽忠的，超生贵道；行孝的，再生福道；公平的，还生人道；积德的，转生富道；恶毒的，沉沦鬼道”，这唤作六道轮回。（第十一回）而沉沦鬼道的则有一十八层地狱，“不忠不孝，非礼非义，作践五谷，明欺暗骗，大斗小秤，奸盗诈伪，淫邪欺罔之徒，受那些磨烧舂锉之苦，煎熬吊剥之刑”。（同上）由此可知冥王乃左执衡器，以权善恶；右执利剑，以行赏罚。利剑而无衡器，只是暴力；衡器而无利剑，不过空谈。二者相辅，福以善报，祸因恶生，这才是因果报应。

在法治国家，法官审判案件，必须根据法律，即以法律条文为大前提，具体事实为小前提，依此求出结论的判决。同样，冥王之作裁判，亦宜根据一定律令，以一定律令为大前提，行为善恶为小前提，依此求出结论的祸福。哪一种善应享哪一种福，哪一种恶应得哪一种祸，不别亲疏，不殊贵贱，一断于律，而后善与福，恶与祸，才有因果关系。阳世的人有所警惕，便不敢希望于万一。

> （张释之为廷尉，）上（文帝）行出中渭桥，有一人从桥下走，乘舆马惊，于是使骑捕之，属廷尉。释之治问，曰："县人来，闻跸，匿桥下久，以为行过，既出，见车骑即走耳。"释之奏当此人犯跸，当罚金。上怒曰："此人亲惊我马，马赖和柔，令他马固不败伤我乎？而廷尉乃当之罚金！"释之曰："法者，天子所与天下公共也。今法如是，更重之，是法不信于民也。且方其时，上使使诛之则已，今已下廷尉，廷尉，天下之平也，一倾，天下用法皆为之轻重，民安所错其手足？唯陛下察之。"上良久曰："廷尉当是也。"（《汉书》卷五十《张释之传》）

我们分析张释之之言，盖有两种含义，一是法律不但用以拘束人民，且亦用以拘束天子，而法官审判案件之时，更宜受法律的拘束，不能因被告加害于天子，而加重其刑，除法律另有规定之外。二是古代没有人身保护法，天子若肯自负责任，可以当场诛之；而既已送至法院了，不宜假司法之名，作枉法之事，而将责任归于法院。法院为枉法之裁判，法院尊严固然扫地，而“天下用法皆为之轻重”，人民将何所措其手足。慎子有言：“法虽不善，犹愈于无法，所以一人心也。”（《慎子·威德》）他又说：“今立法而行私，是私与法争，其乱甚于无法。”（《慎子·逸文》）说到这里，我记起两事来了。汉时，霍光废昌邑王而立宣帝，侍御史严延年“劾奏光擅废立，亡人臣礼，不道，奏虽寝，然朝廷肃焉敬惮”。（《汉书》卷九十《严延年传》）以当时霍光权力之大，宣帝往谒高庙，“光从骖乘，上内严惮之，若有芒刺在背”。（《汉书》卷六十八《霍光传》）严延年官不过六百石之侍御史，竟敢提出弹劾，而光亦不以为忤。为什么呢？侍御史固有弹击官邪之权。魏相为丞相，其婢有过，自绞死，京兆尹赵广汉疑丞相夫人妒杀之，自将吏卒，突入丞相府，召其夫人跪庭下受辞。（《汉书》卷七十六《赵广汉传》）古代行政官兼为司法官，郡守（京兆尹为三辅之一，等于郡守）固有裁判犯人之权，然把丞相的夫人抓来，令其跪庭下受辞，我们不能不佩服赵广汉的勇气：“法者天子所与天下公共也”，更何论乎丞相。王安石变法，而他自己却不守法。

> 元夕，安石从驾乘马入宣德门，卫士诃止之，策其马。安石怒，上章请逮治。御史蔡确言，宿卫之士拱扈至尊而已。宰相下马，非其处所，应诃止。帝卒为杖卫士，斥内侍，安石犹不平。（《宋史》卷三百二十七《王安石传》）

宋制，宣德门以内，除皇帝外，任谁都不得乘马。而安石竟然谓有特权，其变法失败，即此一端，亦可窥知。殖民地的人民虽受帝国主义者的剥削，然其剥削乃规定于法律之上，人民既得预见其剥削，自可事先准备。这与专制时代，“恶吏之来吾乡，叫嚣乎东西，隳突乎南北”，（柳宗元《捕蛇者说》）似还差强人意。这就是殖民地独立之后，政治不良，反而思慕帝国主义者的理由。

人类生时受政府统治，死后受冥府统治，一生一死，法域不同。“阎王注定三更死，谁敢留人到四更”，（第七十六回）令出必行，阴司比之人世：前门法令森严，以临百姓，后门例外颇多，以待权贵，“无令而擅行，亏法以自私”，（《韩非子》第十一篇《孤愤》）当然不可同日而语。但是吾人一看唐太宗还魂之事，则阴司也讲人事，与阳世似无区别。当鬼龙索命，太宗将次易箦之时，魏徵写了一封信，交给太宗，付与丰都判官崔珏，崔珏是阴司掌生死文簿的。（第十回）信中说道：

> 今因我太宗文皇帝倏然而故，料对案三曹，必与兄长相会，万祈俯念生日交情，方便一二，放我主回阳，殊为爱也。（第十一回）

崔判官急取天下万国国王天禄总簿，逐一检阅，只见大唐太宗皇帝注定贞观一十三年崩殂，乃取浓墨大笔，将一字上添了两画。十殿阎王见太宗名下注定三十三年，即说：“陛下宽心无虑，还有二十年阳寿，请返本还阳。”（第十一回）一十三年的帝位，因为魏徵的请托，延长为三十三年。晋却诜说：“有人事则通，无人事则塞。”（《晋书》卷五十二《却诜传》）晋代政治本来腐化，冥府法禁森严，而竟有此现象。此盖国人久处于“人事”社会，遂由阳间之讲人事，而想象到阴司亦讲人事。政治腐化贯彻于地府之下，伟大极了。然而吾人须知崔珏生为礼部侍郎，死为丰都判官，平日为人想必公正不苟，现在竟因魏徵早晚看顾他的子孙，（第十一回）不惜变造公文书，以报私恩。十殿冥王受了诈欺，亦不之觉，阴司瞢眊又何逊于阳世，难怪今人不相信自己固有的天宫地府，而去相信舶来的天堂地狱。

泾河老龙“违了玉帝敕旨，行雨改了时辰，克了点数”，“他犯天条，合当死罪”。（第十回）但是人神异路，太宗梦见龙王求救，既然信以为真了，自应预防魏徵“梦”里行刑，而乃于对弈之际，放任魏徵“伏在案边，鼾鼾盹睡”，（同上）则契约之不履行，固然不是出于太宗“故意”，而确是出于太宗“过失”。龙王告到冥府，十殿阎王不使两造对案辩论，而乃推为“自那龙未生之前，南斗星死簿上已注定该遭杀于人曹之手”。（第十一回）同时太宗死在贞观十三年，固然也是前定的事，然而既因鬼龙为祟，（第十回）魂游冥府，则与龙王控告不能谓为毫无关系。龙王该斩，则太宗有还魂的权利；太宗应死，则龙王无遭杀的罪状。太宗与龙王既未对面辩论，魏徵亦不依诉讼程序，教太宗如何抗辩，而乃运动判官，变造公文书，于是正正堂堂的权利斗争遂一变而为偷偷摸摸的亏法舞弊。这是吾国政治的黑暗现象。然而我们须知正正堂堂的抗辩，十中八九失败；偷偷摸摸的舞弊，十中八九成功。说到这里，我们又记起铜台府一案了。唐僧路过铜台府，受人诬告谋财害命，身陷囹圄之中。孙行者在公堂之上不作光明正大的抗辩，而乃暗中行事，先恐吓寇家母子，令其自动撤销诉状，次恐吓台府刺史，使其知道唐僧蒙冤；最后又恐吓台府官员，使他们深信唐僧无罪。（第九十七回）吾国法律不能进步，人民权利没有保护，由这两事就可知道原因是在哪里。

人民的权利，即生命的权利，财产的权利，自由的权利，都是人民经过许多斗争，才能获得的。而既已获得之后，欲使个人权利不受别人侵害，欲使政府不会忘记人民有这权利，又将权利写在文书之上，而成为法律。所以权利之获得是由斗争，法律不过将人民已得的权利，用黑字写在白纸之上而已。所有权制度，身体自由，契约自由，营业自由，思想自由，结社自由都是人民经过数世纪的斗争，而后获得的。法律所经过的路程不是香花铺路，而是腥血涂地，吾人读欧洲历史，就可知道。耶林（R. v. Ihering）有言：

> 法律不是人民从容揖让，坐待苍天降落的。人民要取得法律，必须努力，必须斗争，必须流血。人民与法律的关系犹如母子一样。母之生子须冒生命的危险，由这危险，母子之间就发生了亲密情感。凡法律不由人民努力而

获得者，人民对之常无爱惜之情。母亲失掉婴儿，必伤心而痛哭，同样，人民流血所获得的法律，亦必爱护备至，不易消灭[①]。

权利由权利人观之，固然是他的利益，而由侵害人观之，亦必以侵害权利为他的利益。所以权利斗争很难避免，上自国权，下至私权，莫不皆然。国际法上有战争；而国民对于政府之违宪行为，又有暴动和革命；在私权方面，中世有私刑及决斗，今日有民事诉讼。此数者形式不同，目的亦异，而其为斗争则一[②]。其斗争也，往往不计利害。甲国侵略乙国，虽然不过荒地数里，然而乙国往往不惜宣战。为数里之荒地，而竟牺牲数万人之生命，数亿元之巨款，有时国家运命尚因之发生危险。此种斗争有什么意义呢？盖乙国国民对于权利之侵害若沉默不作抗争，则今天可夺取数里荒地，明天将得尺进尺，夺取其他土地，弄到结果，乙国将失掉一切领土，而国家亦灭亡了。由此可知国家因数里荒地所以不惜流血者，乃是为生存而作战，为名誉而作战；牺牲如何，结果如何，他们是不关心

① Rudolf von Ihering, Der Kampf ums Recht, 12 Aufl. , 1925（Wien）, S. 12 f.

② R. v. Ihering, a. a. O. , S. 13 f.

的。国民须保护其领土，则农民土地若为邻人侵占数尺，自可提出诉讼。被害人提起诉讼，往往不是因为金钱上的利益，而是对于不法行为，精神上感觉痛苦；即不是单单要讨还标的物，而是要主张自己应有的权利。所以诉讼不是利益问题，而是名誉问题，即人格问题①。

对于不法行为而作勇敢的斗争，这是法律能够发挥效用的条件。故凡劝告被害人忍受损害，无异于劝告被害人听人破坏法律。不法行为遇到权利人的坚决反抗，往往会因之中止。耶林说过，“勿为不法”（thue kein Unrecht）固然可嘉。“勿宽容不法”（dulde kein Unrecht）尤为可贵。盖不法行为不问是出之于个人或是出之于政府，被害人若肯不挠不屈，与其抗争，则加害人有所顾忌，必不敢轻举妄动。由此可知我们保护自己的权利，不但是我们对于自己的义务，且又是对于社会的义务②。

权利斗争同时又表现为法律斗争。当事人提起诉讼之时，成为问题的不限于权利主体的利益，即整个法律亦会因之发生问题。看吧！屋内多了一道藩篱，官署认为违章建筑，而欲拆

① R. v. Ihering，a. a. O.，S. 17 f.

② R. v. Ihering，a. a. O.，S. 51 f.

除之，这不是个人问题，而是法律受了曲解的问题。法律禁止违章建筑，目的在于保障人民的安全，官署因缘为奸，则整个法律将随之破坏。莎士比亚所著《威尼斯的商人》中有下列一段话：

> 我所要求一磅的肉，
> 是我花钱买来的，这属于我，我必须得到。
> 你们拒绝不予，就是蔑视你们的法律！
> 这样，威尼斯的法律要失去权威。
> ——我需要法律！
> ——我这里有我的证件。

耶林以为："我需要法律"一语，可以表示权利与法律的关系。有了这话，事件便由Shylock之要求权利，一跃而变成威尼斯的法律问题了。当他发出这个喊声之时，他已经不是要求一磅肉的犹太人，而是凛然不可侵犯的威尼斯法律的化身。他的权利（Recht）与威尼斯的法律（Recht）成为一体。他的权利消灭之时，威尼斯的法律也归消灭。不幸得很，法官竟用诡计，拒绝Shylock履行契约。契约内容苟有反于善良风俗，自得谓其无效。法官不根据这个理由，大众均承认其有效了，而又附以割肉而不出血的条件，这犹如法官承认地役权人得行使权利，又不许地役权人留足印于地上。这种判决Shylock何能心服。当他悄然离开法庭之时，威尼斯的法律也悄然毁灭了[①]。耶林又引另一本小说，即Henrich von Kleist的Michael Kohlhaas。Shylock悄然走出，失去反抗之力，而服从法院的判决。反之Michael Kohlhaas，则不然了。他应得的权利受了别人侵害，法官曲解法律，不予保护；君主又左袒被告，不作正义的主张。他悲愤极了。他说："为人而受蹂躏，不如为狗"，"禁止法律保护吾身，便是驱逐吾身于蛮人之中，他是将棍子给我，叫我自己保护自己"。于是愤然而起，挥其利剑，全国为之震骇，腐化的制度为之动摇，君主的地位为之战栗。然而驱使Kohlhaas作此行动，并不是单单报仇而已，而是基于正义的观念，即"余当为自己目前所受的侮辱，恢复名誉；并为同胞将来所受的侵害，要求保护，这是余的义务"。结果，他便对于从前宣告他为有罪的人——君主、官吏及法官，科以二倍三倍以上的刑罚。痛快！痛快极了！世上不法之事莫过于执行法律的人自己破坏法律。法律的看守人变为法律的杀人犯，医生毒死病人，监护人绞杀被监护人，这是天下最

① R. v. Ihering，a. a. O.，S. 59及59-60之注，及同书序文 S. XI-XIII。

悖理的事。在古代罗马，法官受贿，便处死刑。法官审判，不肯根据法律，而唯视金钱多少，法律消灭了，人民就由政治社会回归到自然世界，各人均用自己的腕力，以保护自己权利，这是势之必然①。所谓“迫上梁山”就是一百零八条好汉尤其是林冲、武松等人，不能得到法律的保护。法域驱逐他们出境，他们只有投身于罪犯之中，做破坏法律的事。

更进一步观之，国民只是个人的总和，个人之感觉如何，思想如何，行动如何，常表现为国民的感觉思想和行动。个人关于私权之主张冷淡而又卑怯，受了恶法律和恶制度的压迫，只有忍气吞声，不敢反抗，一旦遇到政府破坏宪法或外国侵略领土，而希望他们奋然而起，为宪政而斗争，为祖国而斗争，事所难能。凡耽于安乐，怯于抗斗，不能勇敢防卫自己权利的人，哪肯为国家的名誉，为民族的利益，牺牲自己的生命。所以国法上能够争取民权，国际法上能够争取主权的人，常是私权上勇敢善战之士②。专制主义是最蔑视私权的。赋税任意增加，没有人反对；徭役任意延长，没有人抗议；出一言而盈廷称圣，发一令而四海讴歌，人民养成了盲从

① R. v. Ihering，a. a. O.，S. 61 ff.

② R. v. Ihering，a. a. O.，S. 67 ff.

的习惯，丧失斗争的精神，一旦遇到外敌来侵，人民亦必萎靡不振，移其过去盲从专制政府者以盲从敌人政府。到了这个时候，政治家方才觉悟，要培养对外民气，必须培养对内民气，亦已晚矣。英国人民旅行欧洲大陆，若受旅馆主人或马车驭者的欺骗，纵令急于出发，亦愿延期启行，向对方交涉，虽牺牲十倍的金钱，亦所不顾[①]。有这斗争精神，故于国内，能够争取民主政治；于国外，能够争取世界霸权。回顾吾国人民又如何呢？数千年来受了专制政治的压迫，权利虽受侵害，亦不敢依法争辩，最多不过利用邪巧的方法，排除障碍，以恢复自己的权利。我们只看《西游记》上太宗与鬼龙，唐僧与寇家的诉讼，就可知道。

---

① R. v. Ihering，a. a. O.，S. 45 f.

孙行者与紧箍儿

《西游记》称孙行者为心猿，这个心猿曾打到地府，强销死籍，打到天宫，强索官职。他既有上天入地之力，故可称为力之象征，若合“心”之一字言之，则为“力之意志”。意志本来自由，而再加之以力，则更无拘无束，由意志自由表现为行动自由。行动自由出于个人，有时尚难免妨碍他人自由；要是出于政府，势将变成暴政。

所谓“政治”由吾人观之，不外命令与服从的强制关系，一方有命令的人，他方有服从的人，命令的人得依自己的意志，强制服从的人作为或不作为，这种强制关系何以发生？人类生存于社会之内，固然有连带关系，而同时又互相对立。由于连带关系，便发生了“众人的事”；由于互相对立，又使人们关于众人的事，发生了各种不同的意见。怎样综合各种不同的意见而统一之，乃是维持社会和平的前提。这种统一的意见就是国家的意见，而可以强制人民服从。固然统一的方法随社会的势力关系而不同：或由一人统一，而强制千万人服从；或由少数人统一，而强制多数人服从；或由多数人统一，而强制少数人服从。统一的人虽有多寡之别，而其对于异议的人，能够强制其服从，则为古今政治的共通性质。

要强制别人服从，“权力”是必要的，所以政治乃以权力为基础；而政府亦不外权力的组织。政府的权力必须委托自然人行使。这个自然人既然掌握权力，难免不滥用权力，以他个人的事宣布为众人的事，租税、徭役，不是用以增进众人的福利，而是用以满足个人的享乐。个人的福利与众人的福利同视，其结果，便发生了“朕即国家”的观念。

如何控制政府滥用权力，更切实言之，如何控制组织政府的自然人滥用权力，那就需要“紧箍儿”了。孙行者戴上紧箍儿之后，不敢不听唐僧的教诲，不敢再对唐僧无礼，“死心塌地”，随他而去，“再无退悔之意”。（第十四回）紧箍儿是佛老如来交给观世音菩萨，（第八回）再由观世音菩萨交给唐僧，最后才由唐僧授与孙行者的。孙行者戴在头上之后，见肉生根，不能取下。他若不遵教诲，唐僧只将咒语一念，他就眼胀头痛脑门皆裂。（第十四回，参阅第八回）孙行者神通广大，可以借以成事。而“性泼凶顽”，往往“不伏使唤”，若能加以拘束，则一方可以使唤，他方不敢行凶。（第八回及第十四回）观世音菩萨对孙行者说：“你不遵教令，不受正果，若不如此拘束，你又诳上欺天，知甚好歹。须得这个魔头，你才肯入我瑜珈之门。”（第十五回）这是紧箍儿的效用。

自古迄今，人君如尧、舜者少，人臣如皋、契、稷、夔者亦少。韩非说：“今贞信之士不盈于十，而境内之官以百数；必任贞信之士，则人不足官。人不足官，则治者寡，而乱者众矣。”（《韩非子》第四十九篇《五蠹》）贞信之士既然不可多得，则为预防政府不会滥用其权力，亦有紧箍儿的必要。这个紧箍儿就是法律。法律不但拘束服从者，且又拘束命令者。韩非说：“明主使法择人，不自举也；使法量功，不自度也。”（《韩非子》第六篇《有度》。按此语亦见于《管子》第四十六篇《明法》及第六十七篇《明法解》）又说：“明主使其群臣不游意于法之外，不为惠于法之内，动无非法。”（《韩非子》第四十九篇《五蠹》。按此语亦见于《管子》第四十六篇《明法》及第六十七篇《明法解》）人主群臣均受法律的拘束，于是政治上便发生了一种变化，命令的人本来可依自己的意欲，能（können）为其所欲为；现在须受法律的限制，唯依法律之规定，得（dürfen）为其所能为。换言之，不是权力不足，不能为（Nichtkönnen），而是法律限制，不得为（Nichtdürfen）[①] 。这样，命令的人本来只有权力，现在便负一种依法行使权力的义务。服从的人本来只负义务，现在也有一种无须服从违法的命令的权 利。权力受了法律的限制，变为“权限”，从而个人之服从权力，亦由权力之发动局限于法律所允许，而变成服从法律[②]。法律为命令者及服从者共同遵守的规范，因之，“以罪受诛，人不怨上，以功受赏，臣不德君”。（《韩非子》第三十三篇《外储说左下》）此即慎子所谓：“君人者舍法而以身治，则诛赏予夺从君心出矣。然则受赏者虽当，望多无穷；受罚者虽当，望轻无已。君舍法，而以心裁轻重，则同功殊赏，同罪殊罚矣，怨之所由生也。是以分马者之用策，分田者之用钩，非以钩策为过于人智也，所以去私塞怨也。故曰大君任法而弗穷，则事断于法矣。法之所加，各以其分，蒙其赏罚而无怨于君也。是以怨不生而上下和矣。”（《慎子·君人》）

但是紧箍儿不是孙行者自己制造，而是如来制成之后，经过观世音菩萨交给唐僧，而戴在孙行者头上的。韩非、慎子固然主张法治，现在试问此种法律由谁制定呢？照韩非说：“人之情

---

① 参阅G. Jellinek，System der Subjektiven Öffentlichen Rechts，2 Aufl.，1919，S. 46 ff. 尤其S. 48.

② G. Jellinek，a. a. O. S. 194 ff. S. 197.

性，贤者寡而不肖者多。”（《韩非子》第四十篇《难势》）而人类又有利己之心，“舆人成舆，则欲人之富贵；匠人成棺，则欲人之夭死也。非舆人仁，而匠人贼也。人不贵，则舆不售；人不死，则棺不买。情非憎人也，利在人之死也”。（《韩非子》第十七篇《备内》）人之情性如此，人主自亦不能例外。倘法律是由人主制定，则人主将依自己的利害，随时改变法律。“利在故法前令则道之，利在新法后令则道之。”（《韩非子》第四十三篇《定法》）此乃必然之势，无可避免。商鞅说：“国皆有法，而无使法必行之法。”（《商君书》第十八篇《画策》）但是法之不行，往往是自上犯之，如何防止人主不至犯法，吾国法家对这问题，常避而不说，所以他们虽然主张法治，而他们所谓的法治乃无法使之实现。

欧洲的政治思想对这问题，确比吾国进步。孟德斯鸠说："依吾人日常经验，凡有权力的人往往滥用其权力。要防止权力的滥用，只有用权力以制止权力。"[①]孟氏对于人性既同吾国法家一样，不予信任，故其结果，亦主张法治而反对人治。至于实现法治的方法则为三权分立。所谓三权分立是将国家的权力分为立法、行政、司法三种，分属于三个

① F. W. Coker，Readings in Petitical Philosophy，1938，p. 618.

机关，使它们互相牵制。三种权力均以别种权力为紧箍儿，则滥用权力之事当然可以减少。美国制定宪法之时，受了孟氏思想的影响，分权主义成为当时政治家的信条。他们也同孟氏一样，对于人性有不信任之心。哲斐孙（T. Jefferson）说："信任我们的代表，忘记了我们权利的安全问题，这是危险的事。信任（confidence）是专制之母。自由政府绝不是建设于信任之上，而是建设于猜疑（jealousy）之上。我们用限制政权（limited constitution）以拘束我们托其行使权力的人，这不是由于信任，而是由于猜疑。我们宪法不过确定我们信任的限界。是故关于权力之行使，我们对人不要表示信任。我们须用宪法之锁，拘束人们，使其不能做违法的事。"①马的逊（J. Madison）亦说："人类若是天使，不需要政府。天使若统治人类，没有控制政府的必要。组织政府是令人类统治人类，一方需要政府能够统治人民，他方又要求政府能够控制自己，困难就在这里。政府隶属于国民，这是控制政府的初步方法。但经验告诉吾人，除此之外，尚有再加警戒的必要。吾人分配权力之时，须使各种机关互相牵制。"②他

---

① 引自B. F. Wright，A Source Book of American Political Theory，1929，p. 227.

② The Federalist，Modern Library，1937，No. 51，p. 337.

又说："立法、行政、司法三权集中于一手之上，这简直可以定义为暴政（tyranny），固不问权力集中于一人，集中于少数人，或集中于多数人；也不问其人取得权力，是由于世袭，由于任命，或由于选举。"[①] Virginia一七七六年六月十二日的权利宣言（Declaration of Rights）第五条说："三种权力必须分离而分属于三个机关，任何权力均不得行使别个权力的职务，任谁均不得同时行使一个权力以上的权力"，这个规定又成为同年六月二十九日宪法条文的一部[②]。Massachusetts一七八〇年六月十六日宪法第一篇权利宣言第三〇条云："本国政府乃法治政府，不是人治政府（a government of laws and not of men），故立法部绝不行使行政权与司法权或二者之一；行政部绝不行使立法权与司法权或二者之一；司法部绝不行使立法权与行政权或二者之一。"[③] 美国联邦宪法也本此宗旨，采用三权分立之制，立法权属于国会，（宪法第一条第一项）行政权属于总统，（第二条第一项第一目）司法权属于法院。（第三条第一项）

---

① Ibid.，No. 47，p. 313.

② 引自C. Schmitt，Verfassungslehre，1928，S. 127. 并见于The Federalist，No. 47，p. 319.

③ 引自H. Finer，The Theory and Practice of Modern Government，Vol. I，1932，p. 162，n. 1.

制衡原理比唐僧之控制孙行者似更进步。何以说呢？唐僧能够控制孙行者，孙行者不能控制唐僧。孙行者神通广大，识皂白，辨邪正，唐僧西行求经，一路遇到魔障，理应接受孙行者的意见，不宜自作主张，犹如“汉典故事，丞相所请，靡有不听”（《后汉书》卷七十六《陈忠传》）一样。但是汉时皇帝有任免丞相的权，丞相无拘束皇帝之力。丞相所请求的，皇帝不予批准；丞相所反对的，皇帝必欲施行，丞相亦莫如之何。汉在武帝以前，丞相确有牵制皇帝之力。

> （周亚夫为丞相）窦太后曰：“皇后兄王信可侯也。”上（景帝）曰：“请得与丞相计之。”亚夫曰：“高帝约‘非刘氏不得王，非有功不得侯，不如约，天下共击之’，今信虽皇后兄，无功侯之，非约也。”上默然而沮。（《汉书》卷四十《周亚夫传》）

可以视为一例。丞相有此权力，一因天子选用丞相的权受到相当限制，二因丞相自己有其社会的势力以作后盾。所以天子虽尊，亦不敢任用佞幸为丞相，并以丞相为傀儡，任意施行不合理的政策。汉高祖奋身于陇亩之中，其登帝位，是由群臣推戴，功臣宿将“心常鞅鞅”[①]。高祖为了安慰他们，不能不剖裂疆土，封为列侯。列侯衣租食税，固然和王国不同，不足成为反抗中央的势力，但是其势亦足以迫主。诸吕作乱所以失败，就是因为列侯不与外戚合作。文帝由外藩入承大统，也是由于列侯迎立。（参阅《汉书》卷四《文帝纪》）列侯在政治上不但成为一个势力，且成为对抗天子的一个势力。汉兴，丞相必以列侯为之。（《汉书》卷五十八《公孙弘传》）这个制度继续到武帝元朔五年公孙弘为相之时才见撤销。（同上）在其尚未撤销以前，天子须于列侯之中选择丞相，而列侯之力又可以拘束天子，所以西汉初年丞相是代表列侯统百官，总百揆，借以牵制天子之专制。“丞相所请，靡有不听”，这唯在丞相有其独立的社会背景之时才能做到。丞相没有独立的社会背景，而天子若有任免丞相之权，则天子自可控制丞相，以丞相为傀儡。汉初，列侯尽是功臣，列侯衣租食税，其所食的租税称为户税，每户一岁二百。（《汉书》卷九十一《货殖传》）最初大侯不过万家，小者五六百户。文景之世，流民既归，户口亦息，列侯大者至三四万户，小侯亦倍，富厚如

---

① 《汉书》卷一下《高祖纪》十二年，吕后曰：“诸将故与帝为编户民，北面为臣，心常鞅鞅。”

之。（《汉书》卷十六《高惠高后孝文功臣表》）但是物盛必衰，农村之中乃发生了兼并的现象，土地渐次集中起来[①]。土地兼并，农民流亡，税户当然减少，而列侯的户税也就随之锐减。他们最初因为收入增加，不免穷奢极侈。户税减少之后，他们还是奢侈，入不敷出，只有借债。他们向谁借债？向富商巨贾借债[②]。但是借债只能挽救一时之急，接着而来者则为更甚的贫穷。这个时候，国内又有七国之变，中央政府为了讨伐七国，乃使列侯从军，令其斋粮而出。列侯贫穷，又须借债，其息十倍[③]。乱事平定之后，不但藩国失去势力，便是列侯也更贫穷。列侯经济上既然破产，便不能不依靠朝廷的薪俸和赏赐，以维持自己的生活。生活既然倚靠朝廷，于是政治上又须忍受皇帝的压迫。武帝时代既发行皮币，以榨取列侯的动产[④]，又

① 《汉书》卷二十四上《食货志》云："于是罔疏而民富，役财骄溢，或至并兼，豪党之徒，以武断于乡曲。"

② 《汉书》卷二十四下《食货志》云："而富商贾或墆财役贫，转毂百数，废居居邑，封君皆低首仰给焉。"

③ 《汉书》卷九十一《货殖传》云："吴楚兵之起，长安中列侯封君行从军旅，赍贷子钱家。子钱家以为关东成败未决，莫肯予。唯毋盐氏出捐千金贷，其息十之。三月吴楚平，一岁之中，则毋盐氏息十倍，用此富关中。"

④ 《汉书》卷二十四下《食货志》云："禁苑有白鹿，乃以白鹿皮方尺，缘以缋，为皮币，直四十万，王侯宗室朝觐聘享，必以皮币荐璧，然后得行。"

假酌金之名，没收列侯的食邑[①]，或委以太常之职，而乘机以罪废之[②]。列侯失去势力，政治上就发生了一个变化：前此有功者才得封侯，封侯者才得为相，现在列侯没落，任谁都可以为相，而为相之后，任谁都可以封侯了。即前此须有功而后封侯，封侯而后才为相，现在可以先为相而后封侯。丞相一职解放于列侯之外，固然政治脱去了贵族的色彩，然而因此，丞相没有背景，便失掉牵制天子的力量。到了这个时候，不是“丞相所请，靡有不听”，而是天子所要求的，丞相必须奉行。其或不肯奉行，则天子一怒，念起紧箍儿咒，必使你“痛得竖蜻蜓，翻筋斗，耳红面赤，眼胀身麻”。（第十四回）哀帝之于丞相王嘉，即其例也[③]。这与英国内阁总理以国会为后盾，一方英王的诏令须有内阁总理副署，他方国会又能控制英王之钱袋者，大异其趣。唐僧之与孙行者有似于皇帝与丞相的关系。唐僧肉眼凡胎，不识魔怪，孙行者劝他“收起慈悲之心”，他偏要“一心向善”，认妖精为好人。（第二十七回、第四十

① 《汉书》卷六《武帝纪》：“元鼎五年列侯坐献黄金，酎祭宗庙，不如法夺爵者百六人。”参阅如淳注。

② 《容斋随笔》卷七《汉晋大常》。

③ 哀帝时，董贤爱幸于上，上欲益封贤二千户，丞相王嘉封还诏书，上怒，嘉竟坐言事，下狱死，参阅《汉书》卷八十六《王嘉传》、卷九十三《董贤传》。

回、第八十回）孙行者画地作圈，请他坐在中间，以为强似铜墙铁壁，他偏要走出圈外。（第五十回，参阅第五十三回）孙行者不能拘束唐僧，又没有别的力量能拘束唐僧。唐僧会不会滥念咒语，一唯良心是视，既没有法律可循，而又不受任何掣肘，一切问题都是由此发生。孙行者“怕念紧箍儿咒”，往往遇到妖精，不敢打杀，而听唐僧堕入妖精圈套，（第四十回，参阅第二十七回、第八十回）最后还是孙行者“劳苦万端，方救得出”。（第五十三回）由此可知孙行者固然要受紧箍儿咒的拘束，而唐僧如何应用紧箍儿咒，似亦有拘束之必要。否则他将不听良言，自作主张，其尤甚者，或将利用咒语以控制孙行者之神通广大，做出各种枉法之事，以满足他个人的野心，这是《西游记》的漏洞，其实就是吾国政治思想的漏洞。

孙行者劝唐僧收起善心

刘备殂，遗诏敕后主曰："勿以恶小而为之，勿以善小而不为。"（《蜀志》卷二《先主传》章武三年注引《诸葛亮集》载先主遗诏）此言也，是教后主如何修身，不是教后主如何治国。换言之，是教后主如何做人，不是教后主如何做一国元首。人主所恃以治理天下者，不是道德，而是法律。韩非说：

> 夫圣人之治国，不恃人之为吾善也，而用其不得为非也。恃人之为吾善也，境内不什数；用人不得为非，一国可使齐。为治者用众而舍寡，故不务德而务法。夫必恃自直之箭，百世无矢；恃自圜之木，千世无轮矣。自直之箭，自圜之木，百世无有一；然而世皆乘车射禽者，何也？隐栝之道用也。虽有不恃隐栝，而有自直之箭，自圜之木，良工弗贵也。何则？乘者非一人，射者非一发也。

虽不恃赏罚，而有恃自善之民，明主弗贵也。何则？国法不可失，而所治非一人也。故有术之君不随适然之善，而行必然之道。（《韩非子》第五十篇《显学》）

何况“君臣非有骨肉之亲”，（《韩非子》第十四篇《奸劫弑臣》）“人臣之情非必能爱其君也，为重利之故也”。（《韩非子》第七篇《二柄》。《管子》第六十七篇《明法解》亦云“群臣之不敢欺主者，非爱主也，以畏主之威势也；百姓之争用，非以爱主也，以畏主之法令也”）刘项相争之际，豪英之士曾比较他们两人的性格。王陵说：“陛下嫚而侮人，项羽仁而敬人。然陛下使人攻城略地，所降下者因以与之，与天下同利也。项羽妒贤嫉能，有功者害之，贤者疑之，战胜而不与人功，得地而不与人利，此其所以失天下也。”（《汉书》卷一下《高祖纪》五年）陈平说：“项王为人恭敬爱人，士之廉节好礼者多归之，至于行功赏爵邑重之，士亦以此不附。今大王嫚而少礼，士之廉节者不来。然大王能饶人以爵邑，士之顽顿嗜利无耻者亦多归汉。”（《汉书》卷四十《陈平传》）郦食其说：“汉王降城即以侯其将，得赂则以分其士，与天下同其利，豪英贤材皆乐为之用。项王于人之功无所记，于人之罪无所忘，战胜而不得其赏，拔城而不得其封。非项氏，莫得用事。为人刻印玩而不能授，攻城得赂，积财而不能赏，天下畔之，贤材怨之，而莫为之用。”（《汉书》卷四十三《郦食其传》）两人性格如此，一则享有四海，一则不能保其首领。由此可知人主所恃者为刑赏，而非仁义。要是欲行小善，借以取得天下，更是痴人梦想。

作者不是反对道德，道德是无人反对的。作者所不敢同意的，乃是人主治理国务，不依法律，而依道德之说。道德是律己的，法律是律人的。人主对己，固然要以道德自勉，对人却不能单用道德勉励。颜回屡空，一箪食，一瓢饮，衣褞袍，居陋巷，人不堪其忧，回也不改其乐，这是道德行为。人主对己，固然应该一箪食，一瓢饮，对人却不能不希望大众都有玉粒珍馐；对己，固然应该衣褞裙，对人却不能不希望大众都有美服华裙；对己，固然应该居陋巷，对人却不能不希望大众都有高屋崇宇。管子说：

> 政之所兴，在顺民心，政之所废，在逆民心。民恶忧劳，我佚乐之。民恶贫贱，我富贵之。民恶危坠，我存安之。民恶灭绝，我生育之。能佚乐之，则民为之忧劳。能富贵之，则民为之贫贱。能存安之，则民为之危坠。能

生育之，则民为之灭绝。从其四欲，则远者自亲，行其四恶，则近者叛之。故知予之为取者，政之宝也。（《管子》第一篇《牧民》）

天天希望大众同颜回一样，一箪食，一瓢饮，衣褞袍，居陋巷，是以圣人之所难，而望众人为之。倘若自己衣则哔叽，食则鱼翅，住则洋楼，行则汽车，而乃要求大众忍受苦痛，冬暖而儿号寒，年丰而妻啼饥，则不谈道德还可，一言道德，只有引起大众反感。

我研究汉宋学说，以为汉学所注意的，是治国平天下之术，而非修身齐家之道；宋学所注意的，是修身齐家之道，而非治国平天下之术。汉学注意治平，并未忘记修齐之道；宋学注意修齐，而却忘记治平之术。降至明代，为人主者乃更进一步，要求人民修身齐家，以供他们治国平天下之用。政有不理，则曰非我之罪也。有治平之权，而不负治平之责，则连宋学都没有念通了。修齐之说创自儒家。汉武帝“罢黜百家，表章六经”，然究其实，武帝并未实行孔孟主义，更未曾重用儒生。当时四夷未宾，制度多阙，上方欲用文武，求之如弗及，故曾下诏征求跅弛之士，待以不次之位。（《汉书》卷六《武帝纪》元封五年诏）儒生不过董仲舒（治《春秋》，位至丞相）、公孙弘（学《春秋》杂说，位至丞相）、倪宽（治《尚书》，位至御史大夫）三人，而三人又皆“明习文法，以经术润饰吏治”。（《汉书》卷八十九《循吏传·序》）宣帝曾说：“汉家自有制度，本以霸王道杂之，奈何纯任德教，用周政乎？”（《汉书》卷九《元帝纪》）道德是用劝诫之言，劝人为善，诫人为恶。但是劝诫之言只可与上智者语，不可与下愚者言。上智者寡而下愚者多，所以道德观念常至于穷，于是宗教方面就济之以天堂地狱之说，政治方面又济之以刑赏。刑所以吓人，赏所以诱人。诱之以名利，赏其为善；吓之以刑狱，罚其为恶。赏是人人所爱的，刑是人人所畏的。这个爱畏情绪便是政治能够施行的心理条件。人主蔑视这个心理条件，一切作为必至徒劳无功。反之，人主若能利用人类爱畏之情，诱之以所爱，吓之以所畏，必能驱使干部推行政令，又能驱使人民奉行政令。管子说：“明主之治也，悬爵禄以劝其民，民有利于上，故主有以使之。立刑罚以威其下，下有畏于上，故主有以牧之。故无爵禄，则主无以劝民；无刑罚，则主无以威众。故人臣之行理奉命者，非以爱主也，且以就利而避害也。百官之奉法无奸者，非以爱主也，欲以爱爵禄而避罚也。”（《管子》第六十七篇《明法解》）又说：“明主之道，立民所欲，以求其功，故为爵禄以劝之；立民所恶，以禁其邪，故为刑罚以畏之。”（同上）“夫慕仁义而弱乱者三晋也，不慕仁义而治强者秦也”。（《韩非子》第三十二篇《外储说左上》）“秦国之俗，贪狠强力，寡义而趋势，可威以刑，而不可化以善，可劝以赏，而不可励以名”。（《淮南子》卷二十一《要略》）风俗如斯，而建设中华民族大一统的国家者不是三晋，而是秦。何以故呢？商鞅变法，知顺秦民之性，用严刑以威民，立重赏以励民。刑赏者人主之二柄也。韩非说：“明主之所道制其臣者，二柄而已矣。二柄者刑德也。何谓刑德？曰杀戮之谓刑，庆赏之谓德，为人臣者，畏诛罚而利庆赏，故人主自用其刑德，则群臣畏其威，而归其利矣。”（《韩非子》第七篇《二柄》）孔子为鲁大司寇，摄行相事，必杀少正卯，而毁三孙之城，何曾专讲仁义惠爱。“世之学者说人主，皆曰仁义惠爱而已矣。世主美仁义之名，而不察其实，是以大者国亡身死，小者地削主卑。故善为主者，明赏设利以劝之，使民以功赏，而不以仁义赐；严刑重罚以禁之，使民以罪诛，而不以爱惠免。是以无功者不望，而有罪者不幸矣。”（《韩非子》第十四篇《奸劫弑臣》）这是治国的道理。“勿以恶小而为之，勿以善小而不为”，此系做人的道理，二者应有区别。

说到这里，阅者将提出抗议，以为文不对题。但是，阅者须知本书不是以文艺的眼光，批评《西游记》；也不是以考证的方法，研究《西游记》；而是借用《西游记》的情节，借题发挥，说明政治的道理。唐僧西行取经，其功业之伟大不在汉高祖、唐太宗之下，而百灵下界，一路遇到妖魔，其成功的艰难比之汉高祖、唐太宗之与敌人搏斗，似有过之而无不及。自古成大功立大业者无不克服无数次的艰难，而这艰难又常是阻碍了成功之路，不能逃避而只有克服。“哪方有火？东方南方北方俱无火。哪方有经？西方有经。有经处有火，无经处无火”，这确实是“进退两难”了。而唐僧仍说：“我只欲往有经处去。”（第五十九回）即欲往有火处去。雄心勃勃，而又不避危险，这是古来立大功成大业者必须的条件。秦末，陈涉起事，“郡县多杀长吏以应涉。沛县父老共帅子弟，杀沛令，开城门，迎高祖，欲以为沛令。高祖曰‘此大事，愿更立可者’。萧（萧何）、曹（曹参）等皆文吏，自爱，恐事不成，后秦种族其家，尽让高祖，高祖乃立为沛公”。（《汉书》卷一上《高祖纪》秦二世元年）高祖有取天下的雄心，而又不惜孤注一掷。萧、曹文吏，虽有兴邦佐国之才，而畏首畏尾，不敢冒险，只能因人成事。唐僧跋履山川，逾越险阻，其有取经的雄心，谁都不能否认。然要实现雄心，必须克服艰难，这个艰难是现实的，而非念念多心经，（第十九回）就可了事。换言之，须有具体的实力，绝非抽象的观念所能解决。佛门弟子本以慈悲为怀。唐僧敬重三宝，富贵不能动其心，威武不能屈其志，只因有了好“善”之心，却延搁了许多前程。韩非说：“好恶见，则下有因，而人主惑矣。”（《韩非子》第三十四篇《外储说右上》）妖魔“因”唐僧向善之心，遂设圈套，使唐僧坠入其中，而不之觉。“尸魔三戏唐三藏”，（第二十七回）孙行者谓其“一心向善”，故有此灾。（第三十二回）银角大王说：“我看见那唐僧，只可善图，不可恶取。若要倚势吃他，闻也不得一闻，只可以善去感他，赚得他心与我心相合，却就善中取计，可以图之。”（第三十三回）红孩儿说：“若要倚势而擒，莫能得近，或者以善迷他，却到得手。但哄得他心迷惑，待在我善中生机，断然拿了。”（第四十回）对这妖精圈套，孙行者劝告唐僧：“师父，今日且把这慈悲心收起，待过了此岛，再发慈悲吧！”（同上）姹女求阳之时，孙行者又警告唐僧：“师父要善将起来，就没药医。”（第八十回）一路遇到魔障，而均为“善”所迷，中了妖精圈套。商鞅说：“凡人臣之事君也，多以主所好事君。”（《商子》第十四篇《修权》）韩非说：“君无见其所欲，君见其所欲，臣将自雕琢。君无见其意，君见其意，臣将自表异。故曰去好去恶，臣乃见素，去智去旧，臣乃自备。”（《韩非子》第五篇《主道》）昔者，燕王子哙好名，欲为尧舜，而以子之为贤，让之以国，遂致齐师来伐，兵败身死。此人主好名，人臣饰贤以要其君之例也。汉代取士有选举之制，所谓选举是乡举里选，采毁誉于众多之论。但是一般民众哪里有评判的能力，因之核论乡党人物，就有待于当地的名流，汝南月旦可以视为一例。（《后汉书》卷九十八《许劭传》）凡人能够得到名流赏识，无不身价十倍，如登龙门。（《后汉书》卷九十七《李膺传》）一般士子遂矫饰其行，以邀名流青睐。至其末造，沽名钓誉乃成风俗。举一例说：

> 许武举为孝廉。武以二弟晏、普未显，欲令成名，乃共割财产，以为三分。武自取肥田广宅奴婢强者，二弟所得并悉劣少。乡人皆称弟克让而鄙武贪婪。晏等以此并得选举。武乃会宗亲泣曰：“吾为兄不肖，盗声窃位，二弟年长，未豫荣禄，所以求得分财，自取大讥，今理产所增三倍于前，悉以推二弟，一无所留。”于是郡中翕然，远近称之，位至长乐少府。（《后汉书》卷一百六《许荆传》）

既自污以显弟，复剖陈以自显，一举而兄弟皆贵，盗名窃位于兹为甚。此亦朝廷尚贤之过也。所以韩非又说：“上用目，则下饰观；上用耳，则下饰声；上用虑，则下繁辞。”（《韩非子》第六篇《有度》）妖魔之于唐僧，固曾多方诱之，而皆不能动其心，最后诱之以善，唐僧果然坠入圈套。此即韩非所谓“人主好贤，则群臣饰行以要君欲”（《韩非子》第七篇《二柄》）之意。

更进一步观之，古来政治上成功的人往往不讲小节，有时他的行为且与“善”字相反。贾谊说：“人主之行异布衣，布衣者节小行，竟小廉，以自托于乡党邑里。人主者，天下安，社稷固不耳……故大人者不求小廉，不牵小行，故立大便，以成大功。”（《贾子新书》卷一《益壤》）齐桓公多内宠而霸，宋襄公行仁义而亡，这是读史者共知的事。楚汉相争之际，项羽大破汉军于彭城，汉王与数十骑遁去，“道逢得孝惠、鲁元，乃载行。楚骑追汉王，汉王急，推堕孝惠、鲁元车下，滕公（夏侯婴）常下收载之，如是者三，曰：‘虽急，不可以驱，奈何弃之！’于是遂得脱”。（《史记》卷七《项羽本纪》，参阅卷九十五《夏侯婴传》及《汉书》卷四十一《夏侯婴传》）这固然是“为天下者不顾家”，然而拨下两儿乃欲减轻载量，以便自己逃命，其忍心害理，完全为私，而非为公。诸吕作乱，太尉周勃之功最伟，而文帝即位之日，即夜拜宋昌（由代国带来的亲信）为卫将军，领南北军，借以牵制太尉周勃。俄而又徙周勃为丞相。不久，又免丞相勃，遣就国，（《汉书》卷四《文帝纪》、卷四十《周勃传》）盖国有威可震王之臣，非国家之福。七国之乱，周亚夫之功最大，其结果如何。景帝说："此鞅鞅，非少主臣也"，遂乘其子买甲楯以为葬器之时，逮亚夫入狱。此际狱吏与亚夫之对话，真是无理极了。

> 廷尉责问曰："君侯欲反何？"亚夫曰："臣所买器乃葬器也。何谓反乎？"吏曰："君纵不欲反地上，即欲反地下耳！"……亚夫不食，五日呕血而死。（《汉书》卷四十《周亚夫传》）

至于武帝之杀钩弋夫人（赵婕妤），更出于深谋远虑。

> 钩弋夫人之子弗陵（昭帝），年数岁，形体壮大多知，上奇爱之，欲立焉，以其年稚母少，犹豫久之。后数日帝谴责钩弋夫人，夫人脱簪珥，叩头，帝曰："引持去，送掖庭狱。"夫人还顾，帝曰："趣行，汝不得

活！”卒赐死。顷之，帝闲居，问左右曰：“外人言云何？”左右对曰：“人言‘且立其子，何去其母乎？’”帝曰：“然，是非尔曹愚人之所知也。往古国家所以乱，由主少母壮也。女主独居骄蹇，淫乱自恣，莫能禁也。汝不闻吕后邪，故不得不先去之也。”（《资治通鉴》卷二十二汉武帝后元元年）

即东汉母后临朝之祸，武帝早已看到，故欲立其子，先去其母，其忍心害理是为公而非为私。政治上的是非与伦理上的善恶有时未必一致。父仇不共戴天，而禹乃佐舜治水。兄弟应该友爱，而周公竟杀管、蔡。徒“善”不足以为政，小善只足以误国。孙行者“穿古洞，入深林，擒魔捉怪，吃尽千辛万苦”，（第二十七回）积了许多经验，而后劝告唐僧收起善心。取经尚且如此，何况治国平天下！

莲花洞二魔念起咒语就可使唤山神土地

鲍宣对汉哀帝说："夫官爵非陛下之官爵，乃天下之官爵也。"（《汉书》卷七十二《鲍宣传》）人君固不能用官爵以市恩，用官爵以位置自己的私人，而人臣得到官爵之后，也不必感恩戴德，而效阉宦宫妾之忠。荀子说："明主有私人以金石珠玉，无私人以官职事业。"（《荀子》第十二篇《君道》）孟子云："君有大过则谏，反复之而不听，则易位。"（《孟子·万章》下）所谓易位乃放逐旧君，迎立新君之意。荀子说："天之生民非为君也，天之立君以为民也。"（《荀子》第二十七篇《大略》）君而不君，则为天下万民起见，自应牺牲一人以利万民，牺牲一姓以利天下。汤武革命，后人称之为贤圣。孟子周游列国，说诸侯以王道，王道者代周天子而王天下之道也。目中哪里有什么正统观念？

官阶虽有高低之别，官吏的地位都是独立的，其执行职务都是根据法律的。我们知道下属必须奉行上司的命令。其实，下属奉行命令，不是因为命令出之于上司，而是因为上司依法发布命令；命令的内容又无违法之处，而可以视为国家的命令。倘令上司不依法发布命令，或依法发布了，而命令的内容有违法之处，则下属没有奉行的义务。“在英国，法律不许人们借口于命令而做不法之事。任谁都没有服从不法命令的义务。所以一个士兵依将帅的命令，向无辜群众开枪，而致引起死伤者，该士兵实犯了杀人的罪。总之，凡依别人命令而做不法之事，皆不能以之为辩解的理由，纵令受命的人有服从发令的人的义务。”[①]即英国法律承认每个官吏有其独立的人格，并希望每个官吏不盲从上司的命令。盖唯如此，而后国基才能巩固。在军队中，纵令将官阵亡了，校官阵亡了，而兵士亦能独立作战。在政府中，纵令内阁总理突然死了，各部部长也突然都死了，而一般文官亦能继续执行其职务。这比之独裁国家，独裁者一旦死亡，全国就陷入瘫痪之境者，当然不同。吾国刑法第二十一条云：“依所属上级公务员命令之职务上行为，不罚。但明知命令违法者，不在此限。”这也是希望官吏有独立的人格，不要以服从为尽忠，服从而违法，还须受刑法

---

① W. E. Hearn，The Government of England，p. 99.

上的制裁。

不幸得很，古来为人君者无不要求其臣听命，而为人臣者也往往忘记自己是国家的官吏，并非一人一姓的仆妾，以听命为尽忠，一则听命，二亦听命，措置乖方亦听命，诏令违法亦听命。听命成为习惯，于是又进一步，不问发命令的人是否有权发命令，只要有人发命令，就奉行唯谨，不敢反抗。这种听命的作风射入国人的脑中，国人遂谓神仙社会也是一样。只要念着咒，烧了符，即“发了文书，烧了文檄”，（第四十五回）要风，风伯放风；要云，云童布云；要雷，雷将鸣雷；要雨，龙王行雨。风云雷雨“四部神祇”只知奉行命令，不问谁发命令。（同上）我们再看莲花洞二魔金角大王及银角大王，念动咒语，就得拘唤土地在他洞里，一日一个轮流当值，“念起遣山咒法”，山神就把三座大山压住孙行者。难怪孙行者仰面朝天，高声大叫道：“苍天苍天，我也曾遍访明师，传授长生秘诀，想我那随风变化，伏虎降龙，大闹天宫，名称大圣，更不曾把山神土地欺心使唤，今日这个妖魔无状，怎敢把山神土地唤为奴仆，替他轮流当值。”（第三十三回）此无他，泾河龙王“行雨差了时辰，少些点数”，就遭杀于人曹之手。（第十回）听命者为忠诚，不听命者处死刑。在这种作风之下，谁人敢审查命令，当然奉命唯谨，不问发命令的是否有发命令的权；命令之发布是否依法定程序为之；命令的内容是否没有违反法律之处。

曾子曰："敢问子从父之令，可谓孝乎？"子曰："是何言与？是何言与？昔者天子有争臣七人，虽无道不失其天下。诸侯有争臣五人，虽无道不失其国。大夫有争臣三人，虽无道不失其家。士有争友，则身不离于令名。父有争子，则身不陷于不义。故当不义，则子不可以不争于父，臣不可以不争于君。故当不义，则争之。从父之令，又焉可得为孝乎？"（《孝经》第十五章《谏诤》）

而荀子亦谓"从道不从君，从义不从父，人之大行也"，（《荀子》第二十九篇《子道》）且引孔子之言：

> 鲁哀公问于孔子曰："子从父命孝乎？臣从君命忠乎？"孔子曰："昔万乘之国有争臣四人，则封疆不削；千乘之国有争臣三人，则社稷不危；百乘之家有争臣二人，则宗庙不毁。父有争子，不行无礼；士有争友，不为不义。故子从父，奚子孝；臣从君，奚臣贞？审其所以从之之为孝，之谓贞也。"（《荀子·子道》）

子不以听命为孝，臣不以听命为忠贞，吾国先哲固已明言之矣。

后世人主往往不明此中道理，不希望群臣有独立的人格，以为我既授你以官禄，你就要服从我的命令，命令的形式和实质有否违法，你们不得过问，这是最危险的事。盖群臣非依法律服从命令，乃因官爵服从命令，服从与官爵成为连带关系，其结果也，今日人主授我以官爵，我固须对之服从，明日僭主甚至于敌国授我以官爵，我亦须对之服从了。西汉之世，公卿百官所服从的是法律，虽以皇帝之尊，苟其命令有违法之处，百官亦无奉行的义务。汉景帝时，周亚夫为丞相，窦太后曰："皇后兄王信可侯也。"上曰："请得与丞相计之。"亚夫曰："高帝约'非刘氏不得王，非有功不得侯，不如约，天下共击之'。今信虽皇后兄，无功侯之，非约也。"上默然而沮。（《汉书》卷四十《周亚夫传》）岂但违法而已，命令若不合理，百官亦须抗争。汉宣帝时，赵充国率兵伐羌，欲用屯田政策，"贫破其众"，上奏陈情，天子不许；充国再上奏陈请，天子又不许；充国复上奏陈请，上于是报充国曰："今听将军，将军计善。"（《汉书》卷六十九《赵充国传》）赵普为宋之开国元勋，尝奏荐某人为某官，太祖不用。普明日复奏其人，亦不用。明日普又以其人奏，太祖怒，碎裂奏牍掷地。普颜色不变，跪而拾之以归。他日补缀旧纸，复奏如初，太祖乃悟，卒用其人。又有群臣当迁官，太祖素恶其人，不与。普坚以为请，太祖怒曰："朕固不为迁官，卿若之何？"普曰："刑以惩罚，赏以酬功，古今通道也。且刑赏天下之刑赏，非陛下之刑赏，岂得以喜怒专之？"太祖怒甚，起，普亦随之。太祖入宫，普立于宫门，久之不去，竟得俞允。（《宋史》卷二百五十六《赵普传》）唯有合理的或合法的不听命的将相，而后国基才能巩固，要是个个大臣都如汉哀帝时鲍宣所言："以苟容曲从为贤，以供默尸禄为智。"（《汉书》卷七十二《鲍宣传》）则政治必无革新的希望。唐德宗时，陆贽有言："自顷边军去就，裁断多本宸衷，选置戎臣，先求易制，一则听命，二亦听命，爽于军情亦听命，乖于事宜亦听命。将帅既幸于总制在朝，不忧于罪累，陛下又以为大权由己，不究事情。"（《旧唐书》卷一百三十九《陆贽传》）观德宗之作风，则其受惑于卢杞，绝非偶然。

天子要求公卿听命，公卿要求百官听命，百官也强迫庶民听命。上自天子，下至百官，皆以自己之言为是，不许下属怀疑。"夫不察事之是非，而悦人赞己，暗莫甚焉；不度理之所在，而阿谀求容，谄莫甚焉。"（司马光《应诏言朝政阙失状》）"子思言于卫侯曰：'君之国事将日非矣。君出言自以为是，而卿大夫莫敢矫其非；卿大夫出言自以为是，而士庶人莫敢矫其非。君臣既自贤矣，而群下同声贤之。贤之则顺而有福，矫之则逆而有祸，如此则善安从生？’”（同上）上暗下谄，遇到敌国外患，往往不攻自破。盖听命绝不是忠诚，而是阿谀。阿谀的人不识世间有廉耻事，国家兴亡，他们“如失主犬，后主饲之，便复为用”。（《梁书》卷十七《马仙琕传》）晋高祖石敬瑭殂，少帝即位，契丹年年伐晋，天福十二年契丹入主东京，百官易素服纱帽，迎契丹主，伏路侧请罪……民皆惊呼而走。契丹主登城楼，遣通事谕之曰：“我亦人也，汝曹勿惧，会当使汝曹苏息。我无心南来，汉兵引我至此耳！”……契丹主分遣使者，以诏书赐晋之藩镇。晋之藩镇争上表称臣，被召者无不奔驰而至。（《资治通鉴》卷二百八十六后汉高祖天福十二年）

这是一幅绝妙的官民对照图。百官平日听命惯了，而听命的原因则为保存官爵。所以契丹主“诏晋文武群官一切如故”，（《资治通鉴》卷二百八十五后晋齐王三年）他们就移其听命于晋者，以听命于契丹。反之百姓没有官爵，他们不能借官爵而食租税，反而须出租税以养其上。所以他们对于异族虽然不能积极地作革命运动，而尚能消极地不与契丹合作。“农民保聚山谷，避契丹之患”。（《资治通鉴》卷二百八十六后汉高祖天福十二年）契丹得到土地，而不能得到人民，中原萧条，十室九空，“犹雏飞之后，徒有空巢”。（契丹主之言，见《辽史》卷四《太宗纪》大同元年）而“东方群盗大起”，竟令契丹主谓左右曰：“我不知中国之人难制如此！”（《资治通鉴》卷二百八十六后汉高祖天福十二年）遂放弃其建国于中原之意，不能不急急北归。由此可知平日惯于听命的人早已失掉了独立的意志，而无独立的人格，表面上似是忠诚，实际上最不足恃，其愿受敌人指挥，无异于山神、土地之服从恶魔咒语。

山神、土地犹如人世的乡官一样，地位甚低。他们与天上仙官不同，没有一定禄俸，只能就地享受人间香火。（第十五回落伽山山神之言）孙行者念动咒语所唤出的山神、土地大率是年老（第五十回、第七十二回及第八十一回）而衣冠不整。（第四十回）年老而居下位，表示其无法力。衣冠不整，在大仙犹可说是不修边幅，赤脚大仙即其例也。（第五回，既云赤脚当然是不穿袜子）在小神，不过表示“少香没纸，血食全无”。（第四十回）以如斯之禄俸何能任用神通广大的神祇？以如斯之神祇，而委以守土之责，一旦遇到妖精之有大能力者，当然惧其欺凌，退避三舍，（第七十二回及第七十九回）纵欲“启奏上天，奈何神职微小，不能见得玉帝”。（第四十三回）在这种情况之下，听到妖魔念起咒语，何能不奉命唯谨。

说到这里，我们不能不联想到地方官的素质。兹只举汉唐两代为例言之。西汉时，“县令多取郡吏之尤异者，是以习其事而无不胜之患”。（顾炎武《日知录》卷八《选补》）至于乡官如三老啬夫游徼固然官秩甚卑，然“贤士长者未尝不仕郡县也，自曹掾书史驭吏亭长门干卫卒游徼啬夫尽儒生学士为之”。（《文献通考》卷三十五《吏道》引公非刘氏言）儒生学士所以愿意屈就胥吏之职，乃有两种原因：一是胥吏能够直接向天子言事。

> 汉世之于三老，命之以秩，颁之以禄。当日为三老者多忠信老成之士也。上之人所以礼之者甚优，是以人知自好，而贤才亦往往出于其间。新城三老董公遮说汉王，为义帝发丧，而遂以取天下。壶关三老茂上书，明戾太子之冤，史册炳然，为万世所称道。（顾炎武《日知录》卷八《乡亭之职》）

这与山神、土地不能启奏上天者不同。二是胥吏有拔擢的机会。

汉法，郡县秀民推择为吏，考行察廉，以次迁补，或至二千石，入为公卿。黄霸起于卒史，薛宣奋于书佐，朱邑选于啬夫，丙吉出于狱吏，其余名臣循吏由此而进者，不可胜数。（《文献通考》卷三十五《吏道》引苏轼言）

因此之故，贤士大夫不但不以屈身于胥吏为辱，且多借径于胥吏以发身。武帝讨伐匈奴，师出三十余年，征发无度，“蝗虫大起，赤地数千里”，（《汉书》卷七十五《夏侯胜传》）而国内晏然无事，即因贤士大夫愿先为郡县胥吏，而地方行政甚见健全故也。唐太宗虽然知道，“治人之本莫如刺史最重，县令甚是亲民要职”，（《唐会要》卷六十八《刺史》上，贞观三年）而对其人选却不甚注意，有如马周所说：“今朝廷独重内官，刺史县令颇轻其选。刺史多是武夫勋人，或京官不称职，方始外出。边远之处，用人更轻。”（同上，贞观十一年）同时士君子也不乐外任。唐代定俸之初，京官虽有岁禄，外官则否，（《新唐书》卷五十五《食货志》五）贞观中始颁外官之禄，然犹降京官一等。（同上）唐人云：“俸薄者无愿人去，禄厚者终日争先。”（《唐会要》卷六十九《刺史》上，大中六年十二月）外官的禄低于京官，这是唐代士大夫不愿外任的一个原因。其次，西汉时，公卿多出胥吏。唐代初年，内官如中书侍郎、黄门侍郎亦得参知政事，成为宰相之职，而外官如都督、刺史者，其品虽高，却不易入参朝政。玄宗曾选京官有才望者以补刺史，而当时士大夫犹轻外任。

> 倪若水开元初为中书舍人尚书右丞，出为汴州刺史。时天下久平，朝廷尊荣，人皆重内任，虽自冗官擢方面，皆自谓下迁。班景倩自扬州采访使入为大理少卿，过州，若水饯于郊，顾左右曰，班公是行若登仙，吾恨不得为驺仆。（《新唐书》卷一百二十八《倪若水传》）

外官地位低于内职，这是唐代士大夫不愿外任的第二原因。士大夫不愿外任，因之“外任多是贬累之人”。（《唐会要》卷六十八《刺史》上，长安四年李峤之言）韦嗣立说：“京官有犯罪，声望下者方遣牧州，吏部选人，暮年无手笔者方拟县令。”（同上，景龙三年）至于荒远地区，人选更为猥滥。卢怀慎说：“内外官有赇饷狼藉，劓剥蒸人，虽坐流黜，复还为牧守，任以江淮岭碛，粗示惩贬。以罪吏牧遐方，是谓惠奸而遗远。”（《新唐书》卷一百二十六《卢怀慎传》）平时既不注意地方官的人选，宜乎安史作乱，“禄山所过，州县望风瓦解，守令或开门出迎，或弃城窜匿，或为所擒戮，无敢拒之者”。（《资治通鉴》卷二百十七唐玄宗天宝十四载）吾人读唐代历史，又可了解二魔何以能够使唤山神、土地了。

文人所描写的小说必不能离开现实社会。吾国古代的君臣关系既以听命为尽忠矣，而外官人，除西汉外，纵以牧守之尊，亦不注意，至于乡官更见猥杂。在这种政风之下，文人所描写的山神、土地遂表现为老耄无能之辈或卑鄙龌龊之徒。他们平日惯于听命，一旦遇到妖魔念起咒语，而误认为天子纶音，奉命唯谨，可以说是势之必然，无足怪也。

乌鸡国国王不敢在冥府控告全真怪

耶林（Rudolf von Ihering）说："正义之神一手执衡器，以权正义，一手执宝剑，以实现正义。宝剑而无衡器，不过暴力；衡器而无宝剑，只是有名无实的权力。二者相依相辅，挥动宝剑的威力与运用衡器的技巧能够协调，而后法律才完全见诸实行。"[①]正义之神失掉宝剑，不过表示司法不能执行其判决，而司法本身尚未腐化；倘若失掉衡器，那便是司法作枉法的裁判，正义之神变成了邪恶之神。

廷尉张释之说："廷尉，天下之平也。"（《汉书》卷五十《张释之传》）古人虽知审判必须公平，不别亲疏，不殊贵贱，一断于法。但如何而能实现公平的审判，古人却未曾提出具体的方案。司法机关不独立于行政机关之外，不但

① R. v. Ihering，Der Kampf ums Recht，21 Aufl.，1925. S. 1.

司法官的地位没有保障，同时行政官就是司法官，故除其人稍有良心之外，而乃希望“法不阿贵，绳不挠曲”，（《韩非子》第六篇《有度》）事所难能。凡事不求于必然的制度，而求于适然[①]的良心，这是吾国政治的缺点。

古代亲民之官乃同时兼为行政官与司法官。汉宣帝说：“庶民所以安其田里，而无叹息愁恨之心者，政平讼息也。”（《汉书》卷八十九《循吏传·序》）政与讼由同一机关理之，苟得其人，固然政平而讼理；不得其人，则人民绝望，无所告诉。现代司法不但审判人民相互之间的诉讼，且又审判人民与政府之间的诉讼。征役耶，不应征而征，征税耶，不应征而征，皆得控诉于法院，要求法院作公平的裁判。倘若审判这两种诉讼的人就是征役和征税的行政机关，哪里能够得到公平。纵令当事人两造都是平民，而其间亦有贫与富、弱与强的差别。富而强者因其富厚，交通王侯，裁判官的地位没有保障，何能不受政治势力的影响。所以不茹柔，不吐刚，审判公平的人常有青天之称；所谓循吏不过政治上又能从民之欲，而不扰乱，最多再加以劝课农桑、减省

① “适然”二字见《韩非子》第五十篇《显学》，适然谓偶然也。原文云：“故有术之君不随适然之善，而行必然之道。”

租赋、兴立学校而已。

这种青天的官在吾国并不多有，司法的官往往是“明知为无罪之人，而使其受追诉或处罚，或明知为有罪之人，而无故不使其受追诉或处罚”。（吾国刑法第一百二十五条第一项第三款）法官利用职权而做违法的事，世上不公平莫此为甚。耶林称之为“司法杀人”（Justizmord）。

看守法律的人而竟杀害法律，这在法律上实犯了极大的罪恶。在古代罗马，法官收贿，处死刑。司法破坏法律，无罪变为有罪，这最伤害人类的法律感情，而对于司法，则为残酷的魔鬼。然而受牺牲的能够甘心吗？他被驱逐出法律之外，只有利用自己的武力，报仇雪恨，并行使自己的权利。他除诛杀这种社会的公敌之外，往往一愤之下，成为强盗，而不厌杀人。[①]

这是德国表表大名的法律学者耶林先生的话。此言也，吾人虽然不敢全部同意，而稗官小说所描写的“好汉”“侠客”，便是法律不与保护，迫上梁山，自称为“替天行道”，锄强扶弱，而得到社会称赞的人。这种好汉，这种侠客，“其行虽不轨于正义，然不爱其躯，赴士之厄困，盖亦有足多者焉”。“天下有道，百官有司奉法承令，以修所

① R. v. Ihering，a. a. O.，S. 64.

职，失职有诛，侵官有罚。”到了末世，上失其政，“豪暴侵陵孤弱，恣欲自快”，有道之士尚不免于灾难，则中材遇害，更何可胜数？这个时候，侠客“以匹夫之细，窃杀生之权”，其罪虽不容于诛，而“振穷周急”，“侠客之义又曷可少哉”。（参阅《史记》卷一百二十四及《汉书》卷九十二《游侠传·序》）由此可知司法不得其平，而后有侠客。“侠以武乱禁”，（《韩非子》第四十九篇《五蠹》）他们虽受社会的尊敬，而却不容于朝廷，侠客不能存在，于是阴间审判之说生矣。

司法不公平，而替天行道的侠客又不存在，人民悲观之极，只有寄希望于十殿阎王。你们恶毒的不要得意吧！生前作威作福，死后要沉沦鬼道，打入十八层地狱。你们积德的不要悲哀吧！生前受尽欺凌，死后得升化仙道或超生富贵之道。（第十一回）这种观念有似于《圣经》所言。《新约圣经》有四部福音书，其著作年代，《马可福音》最早，《路加福音》次之，《马太福音》又次之，《约翰福音》最后。《路加福音》中有一段话：

> 你们贫穷的人有福了，因为上帝的国是你们的。你们饥饿的人有福了，因为你们将要饱足。你们哀哭的人有

福了，因为你们将要喜笑……但你们富足的人有祸了，因为你们受过安慰。你们饱足的人有祸了，因为你们将要饥饿。你们喜笑的人有祸了，因为你们将要哀恸哭泣。（《路加福音》第六章第二十一节以下）

何以贫穷的人有福，富足的人有祸？福音书未加说明。若只就字句观之，并不是因为前者是积德，后者是恶毒。换言之，富人不能进入天国，不是因为他有罪恶，而是因为他有财产。这种仇恨富人的心理，在基督教流行于罗马帝国之后，势非修改不可。何以故呢？基督教对于贫人既然表示同情，说他们有福，说天国是他们的。然在罗马末季，贫民的生活极其悲惨，贫居陋巷，彘食牛衣。对这贫苦的人苟不与以物质上的援助，虽然口若悬河，宣传天国的快乐，亦必不能永久得到他们的信仰。因此，教会就有了救贫制度。但是救贫的资金从何而来呢？贫民自顾不暇，哪有金钱捐给教会，唯一的方法只有向富人募捐。于是教会就广开方便之门，欢迎富人入会。既然欢迎富人入会，则憎恨富人的论调自非修改不可。所以《马太福音》就把《路加福音》的字句修改为：“心中贫穷的人有福了，因为天国是他们的……饥渴慕义的人有福了，因为他们必得饱足。”（《马太福音》

第五章第三节以下）从前是贫穷的人有福，现在是心中贫穷的人有福；从前是饥饿的人有福，现在是饥渴慕义的人有福。从前是一方祝福贫人，同时诅咒富人；现在诅咒富人的话已经没有。其结果，从前绝对不能进入天国的富人[①]，现在只要他们能够行善积德，也得进入天国[②]。这样修正，舶来的天堂地狱便和土产的天宫地府相似。

不过西洋的上帝比较聪明。“百发失一，不足为善射”，（《荀子》第一篇《劝学》）所以上帝不肯立即审判，而必等到末日来临之时，才作最后审判。立即审判，世人共知，皆是则可；有一不然，将有害上帝的尊严。至于哪一天是世界末日？谁都不能知道，也许是今天，也许是明天，也许是十年、一百年、一千年、一万年以后。人人都有戒心，而上帝又甚神秘，不肯稍露其观感。于是人们遂深信上帝为全知全能全善之神，而不敢稍存不敬之心。反之玉皇与上帝不同，他不自己审判，而将审判权交给阎王行使。阎王不于世界末日审判，而于每一个人死亡之时，即行检查其一生善恶，而后决定该人于六道轮

① “有钱财的人进上帝的国，是何等的难啊！骆驼穿过针的眼比财主进上帝的国还容易呢！”见《路加福音》第十八章第二十四节及第二十五节。

② 以上乃参考Karl Kantsky，Der Ursprung des Christentums，12 Aufl.，1922，S. 343 ff.

回之中，应送至哪一道。（第十一回）即中国与西洋的宗教固然都讲未来，而中国比之西洋，还是现实的。这种现实主义可以说是吾国思想的特质。比方伦理一事，西洋学者说到玄之又玄，近于抽象的哲学，吾国学者则对于具体的对象，指示以具体的"为人之道"。现实主义有其利，亦有其弊，利在容易实践，弊在缺乏抽象的知识，而致科学不能发达。因为科学是一种抽象的知识，即用分析的方法，把事物由复杂变为简单，使各种现象的原则能够明了。换言之，科学须无视一切事物的个性，只唯注意其普遍的现象，即个体不视为个体，个人不视为个人，而把它们放在一定的部类种属范畴之中，观察其部类种属范畴的普遍性。然而最有抽象（abstract）的能力的，又是都市的住民，尤其是商人。何以故呢？农民局蹐于一地之内，每天所见的是同一的环境，每天所做的是同一的工作；这种同一环境与同一工作可使他们发生一种心灵的限制。反之，都市的商人完全不同，他们的工作在于买之廉而卖之贵。他们不是贩卖一种商品，而是贩卖多种商品。他们不问商品之性质如何，最后所注意的皆是买价与卖价的差额。即他们不问哪一种商品，均把它还原为货币，而比较其数量多寡。商业愈发达，商人的活动范围愈广大，他们不但可由各地，得到各种不同的知识，而他们运用货币的方法亦日益增加。地方的远近，时间的长短，均可影响于价格之上，而使商人得到特殊利益或蒙受意外损失。因此，商人在无数的特殊事故之中，不能不求出一个普遍的因素；在无数的偶然变化之中，不能不求出一个必然的因素。这样，抽象的能力日益增加，而科学亦有发生的可能[①]。吾国数千年来，以农立国，而历代朝廷又实行轻商政策，商业不能发达，于是抽象的能力就受了一定限制，而致科学、哲学皆不能发达。

话又说到别的方面去了——也许一部分读者很欢迎这种闲话——现在言归正传。却说玉皇将审判权交给十殿阎王行使，十殿阎王能够体"高天上圣大慈仁者玉皇大天尊玄穹高上帝"（第三回）之意，公平审判吗？这种审判虽在冥府举行，而对于人世却有极大的影响。因为人世审判不公平，人们尚可寄希望于死后；死后审判再不公平，则人类绝望了。不幸得很，人类往往由现实推论到空幻，由阳世联想到阴间，以为天下乌鸦一样黑，人世阳光普照，尚且不见光明，则阴间黑暗可想而知。看吧！全真怪变作乌鸡国国王的模样，侵占他的江山，群臣不知，妻子不晓，唐僧问真国王，何不在阴司阎王处控告？国王道："那怪的神通广大，官吏情熟，城隍常与他会酒，海龙王尽与他有亲，东岳齐天是他的好朋友，十代阎罗是

---

① 参阅 K. Kautsky，a. a. O.，S. 203 ff.

他的异姓兄弟，因此这般，我也无门投告。”（第三十七回）十代阎罗乃玉皇派在地府的法官，世人皆深信其至公无私，而乃阿其所好，古代司法腐化，彻底到地府之下，于是鬼也悲观了。阳世不平，人愿为鬼；阴司不平，鬼到哪里控告？黑河河神的官邸为鼍龙侵占，河神“欲启奏上天”，尚“不能见得玉帝”，（第四十三回）何况阴间的鬼！

全真怪有什么背景，竟令十殿阎王与他结为异姓兄弟呢？它是文殊菩萨坐下的青毛狮子。（第三十九回）换言之，它是洋狮而与西方的文殊菩萨朝夕相见。天上动物与人世动物不同，神通广大，能作人言，又能变化为人，所以青毛狮子既是文殊菩萨的坐骑，同时又是文殊菩萨的奴仆。在人世，要人身边的奴仆往往社鼠城狐，窃弄威福，而令奔竞之徒不能不讨好他们。何以故呢？你要谒见要人，他们不肯传达，而推辞“不在”，你将无法谒见。你要上书要人，他们若将你的来函稍微压一压，你又失去了机会。何况他们在要人身边，捧茶倒水，朝夕相见，狎而亲之，往往片言单语，得移动要人之意。至于天子的奴仆即所谓阉宦，其窃弄威权，更是吾国历史常见的事。汉有中常侍，唐有枢密使，均以宦者为之。“中常侍掌侍左右，顾问应对给事。”（《后汉书》卷三十六《百官志》三）据朱穆言，尚事有所启奏，中常侍有披阅之权。（《后汉书》卷七十三《朱穆传》）中常侍既得与闻机密，所以朝臣若有规划启奏，他们就可窥知，先发制人，遂令外戚大臣无法改革阉宦弄权之弊。（参阅《文献通考》卷五十七《内侍省》）窦武欲诛宦官，使刘瑜内奏，宦官朱瑀盗发武书，乃夜召阉宦十七人，歃血共盟诛武等，（《后汉书》卷九十九《窦武传》）其明证也。唐之枢密使有似于东汉的中常侍，最初不过“承受表奏，于内中进呈，若人主有所处分，则宣付中书门下施行而已”。（《文献通考》卷五十八《枢密院》）但依历史所示，凡有承受表奏之权者常得审查表奏，干涉大臣之行政；而有宣示诏令之权者又得矫称帝旨，擅发诏令，而变为枢机之任。何况枢密使尚掌密命，得与闻机密之事。宪宗时，梁守谦为枢密使，裴垍启奏泽潞节度使卢从史有无君之心，宜早为之所。宪宗许之，垍请密其谋，宪宗曰：“此唯李绛、梁守谦知之。”时绛承旨翰林，守谦掌密命，（《旧唐书》卷一百四十八《裴垍传》）其一例也。并且宰相奏事，枢密使又立侍天子左右，与闻政事，那么朝臣有所规划，宦官若认为不利，更得矫诏变更，挠其施行了①。观汉唐二代宦官

①《新唐书》卷二百八《刘季述传》云：“初延英宰相奏事，帝平可否，枢密使立侍，得与闻，及出，或矫上旨，谓未然，数改易挠权。”

之祸，可知天子的奴仆常握权柄，其力足以控制朝臣。西汉虽无宦官之祸，而在元帝时代，石显为中书令，“贵幸倾朝，百僚皆敬事显”。（《汉书》卷九十三《石显传》）丞相匡衡、御史大夫甄谭亦不免“阿谀曲从”。（《汉书》卷八十一《匡衡传》）陵迟而自东汉，宦官竟“窃持国柄，手握王爵，口含天宪，凶狡无行之徒媚以求官”（《后汉书》卷七十三《朱穆传》。灵帝时，张让为中常侍，“宾客求谒让者，车恒数百千两，后至不得进”。让之监奴亦“交通货赂，威刑谊赫”。有孟佗者因与监奴朋结，宾客皆争以珍玩贿之。（《后汉书》卷一百八《张让传》）是则奔竞之徒不但媚天子的奴才，奴才的奴才，且媚及奴才的奴才的朋友了。唐代宦官之权更大，许多大臣皆与宦官交通，而后才得宰相之位，顺宗时，王叔文一派与宦官李忠言勾结，遂得操弄权柄。（参阅《新唐书》卷一百六十八《王叔文传》）宪宗时，李吉甫为相，也曾与宦官吐突承璀交通，而求其奥助[①]。穆宗时，李逢吉一派之能肆志无所惮，也是因为宦官王守澄为其后援。（《旧唐书》卷一百六十七《李逢吉传》）文宗时，牛李两党能够秉持朝政，

---

①《旧唐书》卷一百六十四《李绛传》云：“时议者以李吉甫通于承璀。”《新唐书》卷二百一《元义方传》亦云：“李吉甫再当国，阴欲承璀奥助。”

似均与宦官有关。就牛党言，“大和三年李宗闵以中人助，先秉政，引牛僧孺协力”。（《新唐书》卷一百八十《李德裕传》）就李党言，李德裕入相，得力于枢密使杨钦义之协助者不少。（参阅《资治通鉴》卷二百四十六唐文宗开成五年）唐自中叶以后，入相的人须与宦官勾结，就是小小胥吏苟能受知于宦官，亦得因此而窃弄国柄。“宪宗初即位，中书小吏滑涣与枢密使刘光琦暱善，颇窃朝权”，（《旧唐书》卷一百四十八《李吉甫传》）即其例也。吾举这种历史，无非证明肉食之流要取得官职或保全地位，不能不巴结天子的奴才，大臣的奴才，甚至于奴才的奴才。这样，文殊菩萨坐下的青毛狮子一旦下界，变为全真道士，难怪城隍请他吃饭，十殿阎王与他拜把。何况文殊菩萨又是来自西天，其青毛狮子又会说舶来话“南无阿弥陀佛”呢！

孙行者不愿做乌鸡国国王

三代以前，皇帝是为天下服务，世上最辛苦的差事莫如皇帝，所以好逸恶劳的人皆避帝位而不就，许由、务光即其例也。三代以后，天下是为皇帝效劳，皇帝享尽了人世荣华富贵，所以篡夺之事不绝于史。荀子说："天之生民非为君也，天之立君以为民也。"（《荀子》第二十七篇《大略》）慎子说："立天子以为天下，非立天下以为天子也，立君以为国也，非立国以为君也。"（《慎子·威德》）汉儒董仲舒亦言："且天之生民，非为王也，而天立王，以为民也。故其德足以安乐民者天予之，其恶足以贼害民者，天夺之。"（《春秋繁露》第二十五篇《尧舜不擅移汤武不专杀》）韩非曾比较古代天子与当时县令的生活如次：

尧之王天下也，茅茨不翦，采椽不斫，粝粢之食，藜藿之羹，冬日麑裘，夏日葛衣，虽监门之服养不亏于此矣。禹之王天下也，身执耒臿，以为民先，股无胈，胫不生毛，虽臣虏之劳不苦于此矣。以是言之，夫古之让天子者，是去监门之养，而离臣虏之劳也。故传天下而不足多也。今之县令，一日身死，子孙累世絜驾，故人重之。是以人之于让也，轻辞古之天子，难去今之县令者，薄厚之异也。（《韩非子》第四十九篇《五蠹》）

皇帝与县令相去何啻天壤，古人不愿为皇帝，后人争欲为县令，观韩非之言，可以理解其中原因。

但是我们须知皇帝一职，纵在后代还是很辛苦的。孙行者降伏全真怪，讨得太上老君的还魂丹，救了乌鸡国国王的生命，又使其复国（第三十九回）之后，国王愿以王位相让。孙行者说："老孙若肯做皇帝，天下万国九州皇帝都做遍了，只是我们做惯了和尚，是这般懒散。若做了皇帝，就要留长头发，黄昏不睡，五鼓不眠，听有边报，心神不安，见有灾荒，忧愁无奈，我们怎么弄得惯。你还做你的皇帝，我还做我的和尚，修功行去也。"（第四十回）这几句话并非乱说。秦始皇专制极了，但他幸福吗？"上至以衡石量书，日夜有呈，不中呈，不得休息"，（《史记》卷六《秦始皇本纪》三十六年）勤苦如此，宜其寿命不长，死时年仅五十[①]。汉高祖虽然说过“吾乃今日知为皇帝之贵也”，（《汉书》卷四十三《叔孙通传》）贵则贵矣，而不安乐。扶病往征英布[②]谁能做到；而又为流矢所中，（《汉书》卷一下《高祖纪》十二年）危险极了。“破布归，疾益甚”，（《汉书》卷四十《张良传》）辛苦如斯，我想高祖此时心中必谓，“吾乃今日知为皇帝之苦也”。然既坐上虎背，势无走下之理。我研究高祖为人，知道他是一位最利己主义的，彻底的个人主义者。他败于彭城之时，与数十骑遁去，道逢得孝惠、鲁元，乃载行，楚骑追汉王，汉王急，推堕孝惠、鲁元车下，滕君常下收载之，如是者三，曰：“虽急，不可以驱，奈何弃之！”于是遂得脱。（《史记》卷七《项羽本纪》）项王为高俎，置太公其上，告汉王曰：“今不急下，吾烹太公。”汉王曰：“吾与项羽约为兄弟，吾翁即若翁，必欲烹尔翁，则幸分我一杯羹。”（同上）这种只顾自己，不顾父子的人，做厌了皇帝之后，宁愿早死而保全名誉，不愿天下由我得之，复由我失之，

---

①《史记》卷六《秦始皇本纪》三十七年“七月丙寅始皇崩于沙丘平台”。徐广曰年五十。

② 参阅《汉书》卷四十《张良传》。高祖问布：“何苦而反？”布曰：“欲为帝耳！”（《汉书》卷三十四《黥布传》）

见笑于后人。固然身死之后，也许孤儿寡妇不能保全江山，然而亡国责任既不在我，则我之芳名已足以流传百世。高祖疾甚，吕后迎良医，医入见，上问医曰：“疾可治否？”医曰：“可治！”于是上谩骂之曰：“吾以布衣，提三尺，取天下，此非天命乎？命乃在天，虽扁鹊何益？”遂不使治疾，赐黄金五十斤罢之。夏四月甲辰，帝崩于长乐宫①。聪明！梁武帝曾敕责贺琛曰：“朕三更出理事，随事多少，事少，或中前得竟，或事多，至日昃方得就食。日常一食，若昼若夜，无有定时，疾苦之日，或亦再食。昔腰腹过于十围，今之瘦削，裁二尺余。旧带犹存，非为妄语。为谁为之，救物故也。”（《梁书》卷三十八《贺琛传》）勤苦如此，而不免荷荷而死。君主国的皇帝与共和国的总统不同，不能急流勇退。生为天子，既不安乐，早日崩殂，尚能保全伟大的名誉，何怪汉高祖不肯治疾。华盛顿不愿三次当选为总统，表面上是为共和奠定了基础，而其动机也许亦出于保全个人的名誉。这种作风比之秦始皇求不死之药，而希望长生不老者，确实聪明多了。

皇帝一职，由负责的人观之，乃世上最辛苦的差事；由不负责的人观之，富有四海，贵为天子，出一言而盈廷称圣，

---

①《汉书》卷一下《高祖纪》十二年，臣瓒曰寿五十三。

发一令而四海讴歌，天下最快心乐意的事，孰过于此。然而我们须知皇帝不负责，结果还是要负责的，而其所负的责任比之共和国的总统，大过万倍。总统不满人意，不过于任期届满之时，不能再登大位，生命不会因下台而被剥夺，财产不会因下台而被没收。皇帝则不同了，在吾国历史上，秦汉以后，皇帝下台而能保全生命的，似不多有。岂但自己的生命，就是全家的生命，甚至亲戚的生命，亦有遭杀之祸。“宋受晋终，马氏遂为废姓；齐受宋禅，刘宗尽见诛夷。”（《南史》卷四十三《齐高帝诸子传·论》）北齐文宣践祚，“大诛元氏，并无遗焉。或父祖为王，或身常贵显，或兄弟强壮，皆斩东市，其婴儿投于空中，承之以矟，前后死者凡七百二十一人，悉投尸漳水，剖鱼多得爪甲，都下为之久不食鱼”。（《北齐书》卷二十八《元韶传》）宋始平王子鸾临死，谓左右曰，“愿后身不复生王家”。（《南史》卷十四《始平王子鸾传》）明崇祯殉国之时，“长平公主牵帝衣哭，帝曰汝何故生我家，以剑挥斫之，断左臂”。（《明史》卷一百二十一《庄烈帝六女传》）观此数事，可知皇帝一职是以全家头颅为担保。他们可以不爱天下，而不能不爱全家的头颅。他们为保全一家头颅，纵令中智之主，亦不能不关心国家的治乱。

汉高祖得到天下之后，曾对太上皇说：“始大人常以臣亡赖，不能治产业，不如仲力，今某之业所就，孰与仲多？”（《汉书》卷一下《高祖纪》）这种思想完全是以天下为自己的产业，既以天下为自己的产业，便不能不谋保全产业的方法。其法则为仁政。所谓仁政，照孟子说，就是养民教民之道。孟子见梁惠王，教以如何养民，如何教民；而其结论则曰“然而不王者未之有也”，（《孟子·梁惠王》上）即孟子不是为人民的利益而主张仁政，而是为人主的利益而主张仁政。换言之，仁政的目的在使人主能够王天下。不过人主要王天下，不能不得民心，欲得民心，宜行仁政。王天下是仁政的目的，得民心是仁政的手段。所以孟子虽说：“王何必曰利，亦有仁义而已矣！”其实人主施行仁政，也是出于自己的利益。

历代帝王要保全自己产业的天下，遂基于仁政思想，不能不注意人民的利益。所以人民虽受专制政治的压迫，有时尚可托蔽于“家天下”的观念，而得稍息仔肩。现在试以汉代为例言之，“汉兴，接秦之弊，诸侯并起，民失作业，而大饥馑，凡米石五千，人相食，死者过半”，（《汉书》卷二十四上《食货志》）破坏可谓甚矣。“天下既定，民亡盖臧，自天子不能具醇驷，而将相或乘牛车”，（同上）民穷财匮实在到了极端。但是古代政治家尤其理财家未曾口说民生，行则民死。他们还是依照正统派经济学的观点，培养税源，绝不竭泽捞鱼，杀鸡取卵。高祖在财政极端困难之时，一方“轻田租，十五而税一”，他方“量吏禄，度官用，以赋于民”。（同上）孝惠高后时，萧、曹为相，绝不乱谈建设，反而“填以无为，从民之欲，而不扰乱”，这样，天下安定了，“衣食滋殖，刑罚用稀”。（《汉书》卷二十三《刑法志》）文帝即位“躬修玄默，劝趣农桑，减省租税”，于是“畜积岁增，户口浸息”。（同上）到了武帝之初“七十年间，国家亡事，非遇水旱，则民人给家足，都鄙廪庾尽满，而府库余财。京师之钱累百钜万，贯朽而不可校。太仓之粟陈陈相因，充溢露积于外，腐败不可食。众庶街巷有马，阡陌之间成群，乘牸牝者摈而不得会聚”。（《汉书》卷二十四上《食货志》）这便是武帝能够讨伐匈奴的原因。伟大的军事行动须有充足的财政基础，而充足的财政基础又须有健全的国民经济。顾到军事，忘及财政；顾到财政，忘及经济，一旦开始作战，必将自食其恶果。武帝征伐四夷，“天下虚耗，百姓流离，物故者半，蝗虫大起，赤地数千里，或人民相食”。（《汉书》卷七十五《夏侯胜传》）汉家天下岌岌乎危哉！“末年，悔征伐之事，乃封丞相为富民侯，下诏曰，方今之务，在于力农”。（《汉书》卷二十四上《食货志》）即又顾到人民的利益，而致力于国民经济的复兴。昭帝即位，“委任霍光，光知时务之要，轻徭薄赋，与民休息”，（《汉书》卷七《昭帝纪·赞》）于是“田野益辟，颇有蓄积”。（《汉书》卷二十四上《食货志》）宣帝“用吏多选贤良，百姓安土，岁数丰穰，谷至石五钱”，（同上）所以到了元帝时代，国家财政随着国民经济的繁荣，又恢复到武帝初年的状况。“都内钱四十万万，水衡钱二十五万万，少府钱十八万万”。（《汉书》卷八十六《王嘉传》）此后禄去王室，权柄外移，而王莽篡位之后，人心思汉，诸起事者非自称刘氏子孙，即以辅汉为名①，可知汉家深得民心。家天下者为了保全自己的天下，用人行政处处无不谨慎，故其结果，未必不利于人民。

“天下者天下人之天下也”，这是多么好听的话。西洋有一句话：What is everybody´s business is nobody´s business②。天下是天下人的天下，反过来说，便是天下不是任何人的天下。天下不是任何人的天下，种种问题就由这里发生。何以故呢？天下不是任何人的天下，则人人对于天下之害均不关心，对天下之利均欲争取。人人争取天下之利，政治运动变为企业，而

① 参阅赵翼《廿二史劄记》卷三，王莽时起事皆称汉后。

② 引自 J. Bryce，Modern Democracies，Vol. II，1931，p. 489.

所谓参政权也就变质了，它不是参加政治的权，而是参加发财的权。悠悠风尘尽冒货之士，列官千官无廉洁之风，“选者为人择官，官者为身择利。而秉钧当轴之士，身兼官以十数，大极其尊，小录其要，机事之失，十恒八九。而世族贵戚之子弟，陵迈超越，不拘资次”[①]。朝纲解纽，奸伪萌生。国步艰难，他们更未雨绸缪，急急于聚财。国势危急，遂只见求生以害义，不闻见危以授命。天下者天下人之天下也，我在天下之中不过数万万分之一。利在天下，所得者微；利在一己，所得者大。剥削天下之脂膏，以利自己的一家，天下既非任何人的财产，在上同其利者官官相护，在下受其害者敢怒而不敢言。国势民风如此，贾谊当为之痛哭，孙行者所谓：“听有边报，心神不安，见有灾荒，忧愁无奈”，不过痴人说梦而已。

① 干宝《晋纪总论》，引自《晋书》卷五《愍帝纪》。

如意真仙不许孙行者白手来取落胎泉的水

唐僧四众经过西梁女国，唐僧及猪八戒吃了子母河的水，腹痛成胎，必须喝了解阳山破儿洞落胎泉的水，方能解除胎气。但是这个泉水是属于如意真仙的。孙行者恃其神通广大，借了瓦钵，到解阳山取水，而如意真仙却说："泉水乃吾家之井，凭是帝王宰相，也须表礼羊酒来求，方才仅与些须，你擅敢白手来取！"（第五十三回）在正史之上，庶民对于天子，而敢同如意真仙那样，主张权利，谓非给予赔偿，不得侵害的，恐怕没有。

人类对其劳力所生的结果，均欲取得之以作自己的财产，这是人之常情，古今中外莫不相同。劳力与财产在经济上本来有互相作用的关系。财产因劳力而取得，劳力因财产而提供。财产多少可以表示劳力多少，亦往往可以表示能力大小。故在财产之中乃包含有人格观念，凡破坏财产权的无异于破坏人格权。过去各国刑法常以窃盗与伤人同罪，强盗与杀人同罪。例如德国旧刑法，凡使人受轻伤者，唯于告诉之时，（第二三二条）才处以三年以下有期徒刑；（第二二三条）反之，普通窃盗罪，可依职权，处以五年以下有期徒刑，（第二四二条）使人受重伤者，处以五年以下一年以上有期徒刑；（第二二四条）反之，重大窃盗罪，处十年以下三月以上有期徒刑。（第二四三条）而且强盗所受的刑罚又与故意杀人，即故杀几乎相同（第二四九条及第二一二条）[①]。即毁伤财产与伤害身体，法律上的效果是一样的。

欧洲各国受了罗马法的影响，学者均视所有权为神圣不可侵犯的权利。马凯维尼（N. Machiavelli）主张君主专制，甚至谓君主可以不讲信谊，而使用一切奸谋诡计，但他又说："君主绝不可侵害人民的财产。人们死了父亲，不久就会忘记；失掉财产，终身不忘。"[②]布丹（J. Bodin）以主权属于君主，君主既有主权，所以不受法律限制，不但自己公布的法律，便是教皇制定的法律，也无妨束之高阁。但他又谓君主的权力应受自然法的拘束，例如个人的财产权是根据自然法

① Anton Menger，Nene Staatslehre，4 Aufl.，1930，S. 149.

② F. W. Coker，Readings in Political Philosophy，rev. ed.，1938，p. 283.

而设置的，所以非经人民同意，不得征收租税[①]。学说如斯，其表现于法律之上者，例如英国的大宪章第二十八条及第三十条既禁止官吏强取人民的粮食、器具、马匹、车辆了，而第三十九条又说："自由民除非领主依法审判，并遵照法律规定之外，不得没收其财产。"[②]美国的独立宣言虽然只云："生命、自由及追求幸福乃上帝给予吾人的权利，不可让与。人类设置政府的目的，就是要保护这种权利。"[③]而未曾明白提出"财产"及"所有权"的观念。然独立时代各邦所发表的权利宣言（Declaration of Rights）或权利典章（Bill of Rights）无不宣布财产及所有权为神圣的权利，不可侵犯。例如一七七七年Vermont的权利典章第二条云："私有财产唯于必要之时，才得供为公共之用；而供为公共之用之时，对于所有主，必须给予以赔偿金。"[④]一七八〇年Massachusetts的权利宣言第十条亦说："个人的财产非经本人同意，或经

---

① H. Cunow，Cie Marxsche Geschichtts，Gessellschafts und Staatstheorie，Bd. 1，4 Aufl.，1923，S. 64.

② 关于大宪章原文，请阅C. Stephenson and F. G. Marcham，Sources of English Constitutional History，1937，pp. 115–126.

③ G. Jellinek，Die Erklärung der Menschen und Bürgerrechte，4 Aufl.，1927，S. 11.

④ a. a. O.，S. 29.

人民代表同意，纵是极小部分，亦不得侵害之，或供为公共之用……若因公共需要而须征收私人财产之时，对是所有主，应给予赔偿。”[①]法国的人权宣言第十七条云：“所有权为神圣不可侵犯的权利，非依法律，且系公共利益所要求，并给予以适当赔偿者，不得侵害之。”[②]自是而后，一直至一九一八年德国公布魏玛宪法[③]之时为止，列国宪法均有保障所有权的条文。这种条文不是对人民保护个人的所有权，而是对政府保护人民的所有权。政府不得侵害人民的所有权，所以产业能够发达，社会能够进步。

管子有言：“凡治国之道必先富民。民富则易治也，民贫则难治也。奚以知其然耶？民富则安乡重家；安乡重家，则敬上畏罪；敬上畏罪，则易治也。民贫则危乡轻家；危乡轻家，则敢陵上犯禁；陵上犯禁，则难治也。故治国常富，而乱国常贫。是以善为国者，必先富民，而后治之。”（《管子》第四十八篇《治国》）孔子以足食为行政之要务，（《论语·颜渊》）且说：“百姓足，君孰与不足？百姓不足，君孰

① a. a. O.，S. 28.

② a. a. O.，S. 28.

③ 魏玛宪法第一五三条第三项云，所有权负担义务，行使所有权之时，须有助于公共福利。

与足？”（同上）孟子谓五亩之宅，树之以桑，百亩之田勿夺其时，“养生丧死无憾，王道之始也”。（《孟子·梁惠王》上）荀子亦说：“王者富国，霸者富士，仅存之国富大夫，亡国富筐箧，实府库。筐箧已富，府库已实，而百姓贫，夫是之谓上溢而下漏。入不可守，出不可以战，则倾覆灭亡可立而待也。”（《荀子》第九篇《王制》）顾吾国古代乃以国家为皇帝的私产，“普天之下莫非王土，率土之滨莫非王臣”，土地属于皇帝，土地之上的人民也属于皇帝，因之人民劳动所得的结果遂亦属于皇帝。皇帝侵害人民的所有权，道德上虽为虐政，法律上无须负责。固然各朝律令也有保护人民财产的条文，然其所保护者乃是禁止个人侵害个人的财产，不是禁止政府侵害人民的财产。换言之，人民对于政府不能主张权利，政府要怎么样，人民就须怎么样。同时在学说之上又有“为富不仁，为仁不富”之言。这固然因为古代官僚往往利用“政治的手段”，括索民膏，而致引起社会对于财富的反感。然而既有斯言，则人们唯勤唯俭，由自己劳力，正当获得的财富，遂亦挂上了不仁之名。白圭“薄饮食，忍嗜欲，节衣服，与用事僮仆同苦乐”。（《史记》卷一百二十九《货殖传》）勤苦如此，倘若斥之为不仁，那么，何怪陶朱“十九年之中，三致千金，再分散与贫交疏昆弟”，以博取“富好行其德”之名。（同上）一方法律上政府不尊重个人的所有权，他方观念上社会又认财富为不仁的结果。财产不安定，资本无法蓄积，从而各种产业就不能作“扩张再生产”。生产规模一仍旧贯，而人口增加不已，社会消费力超过于社会生产力，贫穷成为普遍的现象。这个时候，若再加之以师旅，因之以饥馑，则人民受了生活压迫，势必相聚萑蒲，蝟毛而起，大则称帝称王，小则攻城剽邑，而天下遂大乱了。乱事既然发生，丁壮毙于锋刃，老弱委于沟壑，幸而存者不过十之二三。社会消费力固然减少，但是内乱不但可以减少社会消费力，且亦可以破坏社会生产力。倘令生产力的破坏超过于消费力的减少，则乱事继续进行，一直到社会的生产可以供给社会的需要，才见停止。此时，苟有人焉出来收拾残局，则社会便由纷乱而转变为小康之治。古人所谓“一治一乱”，实由于人口法则的作用，而所有权没有保障，产业不能发达，则为最大原因。

但是如意真仙的所有权亦有问题，西梁女国的婆子说：“却如今取不得水了。向年来了一个道士，称名如意真仙，把那破儿洞改作聚仙庵，护住落胎泉水，不肯善赐与人。但欲求水者，须要花红表礼羊酒果盘，志诚奉献，只拜求得他一碗儿水哩！”（第五十三回）由此可知落胎泉本来属于公有，自从如意真仙来了之后，才倚强攫为私有。有力的既得恃强垄断泉水，则有大力的当然更能够倚力夺取泉水。孙行者对如意真仙的徒弟说：“你去说我老孙的名字，他必然做个人情，或者连井都送我也。”（第五十三回）“所有”不以劳力为根据，唯视力之大小为移转。我阅到这里，不禁想起南北朝时代豪族封固山泽之事来了。

吾国古代以农立国，土地乃是最重要的财产。自秦用商鞅之法，坏井田，开阡陌，民得买卖之后，土地就归属于个人私有。固然“用贫求富，农不如工，工不如商”，（《史记》卷一百二十九《货殖传》）而“以末致财，用本守之”（同上）又是国人理财之道。土地成为国人争取的对象，土地遂不免集中起来。东汉末年，“豪人之室，连栋数百，膏田满野，奴婢成群，徒附万计”。（《后汉书》卷七十九《仲长统传·理乱篇》）魏时，“大族田地有余，而小民无立锥之地”。（《魏志》卷十六《仓慈传》）晋兴，循而未革，经数代的兼并，一直到了南北朝，就发生一种现象。永嘉丧乱，北方受害甚烈，“中原萧条，千里无烟”。（《晋书》卷一百九《慕容皝载记》）南方蒙祸较少，“荆扬晏安，户口殷实”。（《晋书》卷六十五《王道传》）北方民人分散，土业无主，到了社会安定，业主归乡，而田园已归别人所有。事涉数世，取证无凭，争讼迁延，莫能判决，良畴委而不开，柔桑枯而不采，大有害于国计民生，于是遂依李安世的建议："所争之田，宜限年断，事久难明，悉属今主。"（《魏书》卷五十三《李安世传》）南方如何呢？"洛京倾覆，中州士女避乱江左者十六七"。（《晋书》卷六十五《王道传》）他们南渡之后，又在江南"水耕火耨"的地区，建立他们的政权，并利用政治上的权力，兼并了许多土地[①]，"编户之命竭于豪门，王府之蓄变为私藏"，（《宋书》卷四十二《王弘传·赞》）遂令南朝政府不能不承认他们的所有权，不过买卖之时，须纳租税而已[②]。南北法律既然承认既成的事实，凡土地属于今主者，不问其人取得土地之方法如何，是由劳力乎，抑由强力乎，今主对之均有所有权，不许别人再来夺取。这样，豪族要再兼并土地，就只有利用买卖之法，而提供相当的代价。这对于豪族是不利的，所以他们又采取另一个方式：封固山泽的方式即侵占那些没有所有主的山泽。我们只看南北朝政府禁止封固，就可反证封固之盛行。在北朝，东魏孝静帝武定五年九月己

① 《宋书》卷二《武帝纪》中："中兴以来，治纲大弛，权门兼并，强弱相陵，百姓流离，不能保其产业。"

② 《隋书》卷二十四《食货志》："晋自过江，凡货卖奴婢马牛田宅，有文券，率钱一万输估四百入官，卖者三百，买者一百。无文券者，随物所堪，亦有百分收四，名曰散估，历宋齐梁陈如此以为常。"

亥，文宣（即高洋）奏请豪贵之家不得占护山泽。（《北史》卷六《齐本纪》上）在南朝，宋孝武帝大明七年七月丙申诏曰："名州大川往往占固，有司严加检纠。"（《宋书》卷六《孝武帝纪》）齐高帝建元元年四月己亥诏曰："二宫诸王悉不得封略山湖。"（《南齐书》卷二《高帝纪》）梁武帝天监七年九月丁亥诏曰："薮泽山林，并加封固，岂所谓与民同利，惠兹黔首。"（《梁书》卷二《武帝纪》）他们封固山泽之后，也和如意真仙"倚强护住落胎泉"，凡求水者须奉献礼物一样，"薪采渔钓，皆责税直"。（《宋书》卷二《武帝纪》中）

求富不用劳力，而用强力。不劳而有财产，劳苦终日，财产反有丧失之虞，这是与经济原则相反的。其结果也，有劳力的或怠用其劳力，不想蓄积资本，引起官府的觊觎；或恶用其劳力，违法犯禁，走上不轨之途。其尤坏的则为奔竞夤缘，取得政权，利用政权，取得财产。官职成为储财的工具，于是"告时乞职者以家弊为辞，振穷恤滞者以公爵为施，至乃贪污者谓之清勤，慎法者谓之怯劣"。（《晋书》卷六十九《刘波传》）其尤甚者，且侵占公家业产以为私有。如在晋代，"郡守长吏，牵曳百姓，营起廨舍。先之室宇皆为私家，后来新官复应修立"。（《晋书》卷七十五《范宁传》）

而国家且有轮流贪污之制，晋范甯说：“顷者选举唯以恤贫为先，虽制有六年，而富足便退。”（同上）例如王述为宛陵令，颇受赠遗，而为州司所检，王道使人谴之，述曰：“足自当止。”（《晋书》卷七十五《王述传》）而南北朝时，王秀之为晋平太守，至郡期年，谓人曰：“此邦丰壤，禄俸常充，吾山资已足，岂可久留，以妨贤路。”上表请代，时人谓王晋平恐富求归。（《南齐书》卷四十六《王秀之传》）这种政风可以说是每朝末代的普遍现象。反过来说，一个朝代有了这种政风，便可表示已经到了末代，无可救药。东汉时，左雄批评当时政府为：“谓杀害不辜为威风，聚敛整辨为贤能，视民如寇仇，税之如豺虎”，（《后汉书》卷九十一《左雄传》）其后引起黄巾之乱，汉祚随之而亡。如意真仙拥护所有权，吾人本来钦佩，岂意他的所有权竟是倚强取得的。财产之中本来包含有人格观念，这种财产所包含的人格是卑劣的，不是贤良的。换言之，这种财产愈多，该人人格愈低。一方国家不能保护所有权，同时对于夺取所有权的人，又不敢加以制裁，久假不归，成为如意真仙的所有物，读书至此，不禁废卷而太息。

孙行者要求朱紫国国王亲身来迎

朱紫国国王病入膏肓，张榜求医，孙行者揭了榜文，对校尉说：“你去教那国王亲来请我，我有手到病除之功。”校尉入朝启奏，这个时候国王的态度如何？并没有“王赫胥怒”，反而说道：“他肯揭我榜文，教寡人亲迎，断然有医国之能也。”（第六十八回）我看到“医国”二字，深有所感，而知朱紫国国王既有人主之度，又知求贤之道。孟子云：

> 将大有为之君，必有所不召之臣，欲有谋焉，则就之，故汤之于伊尹，学焉而后臣之，故不劳而王，桓公之于管仲，学焉而后臣之，故不劳而霸。（《孟子·公孙丑》下）

汤欲伐夏而王天下；桓公欲霸诸侯，匡正海内。在动荡时代，实如马援所言：“当今之世，非独君择臣也，臣亦择君矣。”（《后汉书》卷五十四《马援传》）大有为之君须用大有为之臣，而大有为之臣往往自高身价，不肯“伺候于公卿之门，奔走于形势之途”。

先主屯新野，徐庶见先主，先主器之，谓先主曰：“诸葛孔明者卧龙也，将军岂愿见之乎？”先主曰：“君与俱来。”庶曰：“此人可就见，不可屈致也，将军宜枉驾顾之。”由是先主遂诣，三往乃见。（《蜀志》卷五《诸葛亮传》）

诸葛亮为瑯琊人，他不蠖伏于东海之滨，而乃躬耕于南阳之野。在兵马倥偬之际，南阳为军队常经之地，隐居于此，果是“苟全性命于乱世，不求闻达于诸侯”吗？他“每自比于管仲乐毅”，其志已非匏瓜，盖欲“求善价而沽”。不过“王公不致敬尽礼”，则宁愿独善其身而已。

桓温入关，王猛被褐而诣之，一面谈当世之事，扪虱而言，旁若无人。（《晋书》卷一百十四《王猛传》）

孟子云："说大人则藐之，勿视其巍巍焉。"（《孟子·尽心》下）此际王猛眼中哪里有什么手握大权的北伐总司令。桓温虽然"察而异之"，而不肯问以平定三秦之策。这比之韩信亲解广武君（李左车）之缚，"东乡坐，西乡对而师事之"，问以伐齐之计，（《汉书》卷三十四《韩信传》）相去远了。桓温有移鼎之心，而不能延揽英豪，其不能有所成就，实属理之当然。

乱世臣亦择君，人主固须虚怀下士，收天下之英豪以为己用，纵在平时，君臣之分已定，人主亦宜有礼贤之心。古者三公坐而论道，即三公乃天子之师友，不是天子的奴仆。汉时，"丞相进见天子，御坐为起，在舆为下"。（《汉书》卷八十四《翟方进传》）丞相有大罪，"皇帝使侍中持节，乘四白马，赐上尊酒十斛，牛一头，策告殃咎，使者去半道，丞相即上病，使者还，未白事，尚书以丞相不起病闻"。（《汉书》卷八十四《翟方进传》注引如淳曰）此盖生待之以礼，死亦待之以礼，不欲大臣见辱于狱吏之故。后世人主往往骂朝臣，打朝臣，到了末世，朝臣且认骂与打为亲密的表现，以为吾君待我，犹如吾父。孔子说："君使臣以礼，臣事君以忠。"（《论语·八佾》）荀子云："非我而当者吾师也，是我而当者吾友也，谄谀我者吾贼也。……谄谀者亲，谏诤者疏……虽欲无灭亡，得乎哉！”（《荀子》第二篇《修身》）又说：“从命而利君，谓之顺。从命而不利君，谓之谄。逆命而利君，谓之忠。逆命而不利君，谓之篡。不恤国之臧否，偷合苟容，以持禄养交而已耳，谓之国贼。”（《荀子》第十三篇《臣道篇》）韩非亦引晋文公之言：“上君所与居，皆其所畏也；中君之所与居，皆其所爱也；下君之所与居，皆其所侮也。”（《韩非子》第三十三篇《外储说左下》）贾谊之言，更见明了。他说：“人君遇其大臣，如遇犬马，彼将犬马自为也。如遇官徒，彼将官徒自为也，顽顿无耻，诟苟无节，廉耻不立，则且不自好，则苟若而可。见利则趋，见便则夺，主上有败，困而揽之矣。主上有患，则吾苟免而已，立而观之耳，有便吾身者，则欺卖而利之耳！”（《贾子新书》卷二《阶级》）朝臣而得打骂，便是朝臣皆可侮之徒。入无法家拂士，出若有敌国外患，国而不亡，未之有也。明太祖喜欢廷杖大臣，不知“士可杀，不可辱”，有茹太素者为刑部主事，陈时事，言多忤触，帝怒召太素，杖于朝，而又外放为浙江参政，既复擢为户部尚书。太素抗直不屈，这种没有奴隶性的人，由明太祖视之，是不可信任的。未几，降为御史，复因忤触帝怒，与同官十二人俱镣足治事，后竟坐法死。（《明史》卷一百三十九《茹太素传》）镣足治事，令人想到古代罗马奴主对于奴隶的做法。自是以后，明代皇帝廷杖大臣之事，累见不鲜，难怪李自成入京，诸臣争降，清兵入关，那些文人名士又自认为识时务的俊杰，个个出山。

古来成大事的不但需要大才，而且需要弘量。固然量弘的未必才大，而才大的必定量弘。那些斗筲之才稍有成就，往往沾沾自喜。

> 公孙述称帝于蜀，隗嚣使马援往视之。援素与述同里闬，相善，以为既至，当握手欢如平生。而述盛陈陛卫以延援入，交拜礼毕，使出就馆；更为援制都布单衣、交让冠，会百官于宗庙中，立旧交之位。述鸾旗旄骑，警跸就车，磬折而入。礼飨官属甚盛，欲授援以封侯大将位，宾客皆乐留。援晓之曰："天下雄雌未定，公孙不吐哺，走迎国士，与图成败，反修饰边幅，如偶人形，此子何足久稽天下士乎！"因辞归，谓嚣曰："子阳井底蛙耳，而妄自尊大。"（《后汉书》卷五十四《马援传》）

其尤甚者，自我陶醉，以为天下莫己若也，"独任己意，恶人攻难"。王安石变法所以失败，史家谓其刚愎自用。刚愎自用与意志坚强不同，意志坚强出于自信力，刚愎自用又混杂以自卑感。一方因自信而自尊，他方因自卑而怀疑别人轻视。故凡遇到别人攻难，便愤然变色，以为侮辱。此种人物得意还可，一旦挫折，更由自卑感与自尊心的交杂作用，而趋向于刚愎自用。即如孟子所说："訑訑之声音颜色距人于千里之外，士止于千里之外，则谗谄面谀之人至矣。"（《孟子·告子》下）韩非子说："狠刚而不和，愎谏而好胜，不顾社稷，而轻为自信者可亡也。"（《韩非子》第十五篇《亡征》）

> 汉高祖见围于平城之前，使娄敬往匈奴，探虚实。敬还报曰："两国相击，此宜夸矜见所长。今臣往，徒见羸瘠老弱，此必欲见短，伏奇兵以争利，愚以为匈奴不可击也。"是时兵已业行，上怒，骂敬曰："妄言沮吾军。"械系敬广武，遂往至平城，匈奴果出奇兵围高帝白登，七日然后得解。高帝至广武，赦敬曰："吾不用公言，以困平城。"乃封敬二千户，为关内侯，号建信侯。（《汉书》卷四十三《娄敬传》）

袁绍兵败于官渡之前，田丰说绍曰："曹兵善用兵，变化无方，众虽少，未可轻也，不如以久持之。将军据山河之固，拥四州之众，外结英雄，内修农战，然后简其精锐，分为奇兵，乘虚迭出，以扰河南，救右则击其左，救左则击其右，使敌疲于奔命，民不得安业，我未劳而彼已困，不及二年，可坐克也。”绍不从，丰恳谏，绍怒甚，以为沮众，械系之。绍军既败，绍还，谓左右曰：“吾不用田丰言，果为所笑！”遂杀之。（《魏志》卷六《袁绍传》）

刘邦不听娄敬之言，而有平城之围；袁绍不采田丰之策，而有官渡之败。其事甚相似，而娄敬封侯，田丰不免杀身之祸。刘邦与袁绍胸襟广狭不同，刘邦成功，袁绍失败，观此二事，也可以了解其原因。

但是大有为之君欲用不世出之才，尚须人主左右没有忌能妒才之人。荀子云：“君有妒臣，则贤人不至。”（《荀子》第二十七篇《大略》）孙行者能够“做个医生耍耍”，固然是朱紫国国王有求贤之心，抑亦因为朱紫国诸臣均无妒才之意。当孙行者要求国王亲迎之时，诸校尉说：“口出大言，必有度量。”到了孙行者入朝觐见，吓倒国王之后，太医院医官却对众称扬道：“这和尚却说得有理，就是神仙看病，也须望闻问切，谨合着神圣功巧也。”（第六十八回）校尉愿意入朝启奏，不以孙行者之言为不敬，医官赞成孙行者之言，而无同行相忌之心，于是孙行者“心有秘方能治国”（第六十八回）才有施展的机会。项羽立刘邦为汉王，汉王至南郑，诸将道亡者数十人，韩信亦亡。萧何闻信亡，不及以闻，自追之。一二日何来谒上，曰：“王必欲长王汉中，无所事信，必欲争天下，非信无可与计事者，顾王策安决。”王曰：“吾为公以为将。”何曰：“虽为将，信不留。”王曰：“以为大将。”何曰：“幸甚！”于是王欲召信拜之，何曰：“王素慢无礼。今拜大将，如召小儿，此乃信所以亡也，必欲拜之，择日斋戒设坛场具体乃可。”王许之，诸将皆喜，人人各自以为得大将，至拜，乃韩信也，一军皆惊。（《汉书》卷三十四《韩信传》）此还是宰相不妒大将之例。唐太宗为秦王时，府属多外迁，王患之，房玄龄曰：“去者虽多，不足吝。杜如晦，王佐才也。大王若终守藩，无所事；必欲经营四方，舍如晦无共功者。”王惊曰：“非公言，我几失之！”因表留幕府。及太宗即位，每议事帝所，玄龄必曰：“非如晦莫筹之。”及如晦至，率用玄龄策也。盖如晦长于断，而玄龄善谋，两人深相知，故能同心济谋，以佐佑帝。（《新唐书》卷九十六《杜如晦传》）房玄龄齐州临淄人，杜如晦京兆杜陵人。（见《新唐书》卷九十六各本传）他们两人既没有“非我同乡，其心必异”的观念，更没有“尔嫉我才，我妒尔能”的奴性，同时太宗又不因为他们两人合作，而怀疑他们两人朋比为奸，用尽各种方法，使他们两人互相制衡。贞观之治比之周之成康，汉之文景，而“当世语良相，必曰房杜”，（《新唐书》卷九十六《杜如晦传》）非无因也。后世人主既不知才，而其左右又皆妒才之辈。韩信亡，彼等求之不得，何肯推荐以为大将。而大臣之间又彼此互相掣肘，房有计划，杜必毁之；杜有计划，房亦毁之，哪肯合作，以济成功。萧、曹为汉之名臣，曹参为相，问惠帝曰：“陛下自察圣武孰与高皇帝？”上曰：“朕乃安敢望先帝。”参曰：“陛下观参孰与萧何贤？”上曰：“君似不及也。”参曰：“陛下之言是也。且高皇帝与何定天下，法令既明具，陛下垂拱，参等守职，遵而勿失，不亦可乎！”惠帝曰善。（《汉书》卷三十九《曹参传》）自谓才不及萧何，这是后人所不肯言的；遵守萧何之法而不改变，更是后人所不肯为的。一官去，一官来，后任必变更前任的设施，以为不如是，不能表现我之才智。政治乃“管理众人之事”，众人不是官僚表示才智的工具，更不是官僚尝试才智的试验品。朝令暮改，国无定制，民无信心，今日不知明日有何改变，今年不知明年有何变更。韩非云：“法禁变易，号令数下，可亡也。”（《韩非子》第十五篇《亡征》）以此治国，国安能治。

孙行者要求国王亲迎，国王不以为忤，固然难得；而在世风浇薄之时，孙行者有这要求，也是不易。

齐宣王见颜斶曰："斶前！"斶亦曰："王前！"宣王不悦。左右曰："王人君也，斶人臣也，王曰'斶前'，斶亦曰'王前'，可乎？"斶对曰："夫斶前为慕势，王前为趋士，与使斶为慕势，不如使王为趋士。"（《战国策》）

慕势无益于王，而可长社会奔竞之风；趋士无害于王，而可增政府求贤之誉。斶前与王前，不过一进一止，数步之差而已，而其影响社会的风气固如是其大。"齐景公田，招虞人以旌，不至，将杀之。志士不忘在沟壑，勇士不忘丧其元，孔子奚取焉，取非其招不往也。"（《孟子·滕文公》下）虞人小吏，其与景公有君臣之分，招之不以其道，虞人死不肯往。要是一介平民，既无官守，又无言责，而乃不待其招而往，"伺候于公卿之门，奔走于形势之途，足将进而趑趄，口将言而嗫嚅"，（韩愈《送李愿归盘谷序》）世人对比，不以为耻，则奔竞之风长，社会将不以名节为高，廉耻相尚。一旦遇到政权转移，当然是"宴安宠禄，曾无释位之心，报使献诚，但务随时之义"，（《周书》卷三十《于翼李穆传·赞》）希望此辈见危以授命，而不求生以害仁，事所难能。

公行子有子之丧，右师往吊，入门，有进而与右师言者，有就右师之位，而与右师言者。（《孟子·离娄》下）

这是一篇绝好的官场现形记。而晋代奔竞之风则更有甚于此。

王珣儿婚，宾客车骑甚众，会闻王雅拜少傅，回诣雅者过半。时风俗颓敝，无复廉耻，然少傅之任，朝望属珣，珣亦颇以自许。及中诏用雅，众遂赴雅焉。（《晋书》卷八十三《王雅传》）

悠悠风尘皆奔竞之士，其种种丑态，实如王沉所言："京邑翼翼，群士千亿，奔集势门，求官买职。童仆阙其车乘，阍寺相其服饰。亲客阴参于靖室，疏宾徙倚于门侧。时因接见，矜厉容色。心怀内荏，外诈刚直。谈道义谓之俗生，论政刑以为鄙极。高会曲宴，唯言迁除消息，官无大小，问是谁力。"（《晋书》卷九十二《王沉传》）士风如此，难怪五胡作乱，"衣冠之士靡不变节，未有能以大义进退者"。（《晋书》卷一百四《石勒载记》上）羊后身为国母，既失节于刘曜矣，而又谓今日始知天下有丈夫。（《晋书》卷三十一《惠羊皇后传》）王衍贵为三公，国亡而不殉难，复劝石勒称帝，以求自免。（《晋书》卷四十三《王衍传》）男无气节，女不贞良，国家安得不亡。

这种风气何以发生？老实说，居上位的喜欢听命的人，在下位的必无忠义之士。孟子说：

> 女子之嫁也，母命之，往送之门，戒之曰："往之女家，必敬必戒，无违夫子。以顺为正者，妾妇之道也。"（《孟子·滕文公》下）

王安石秉政之时，"好人同己，而恶人异己。群臣有与之同者，则擢用不次；与之异者，则祸辱随之"。（司马光《应诏言朝政阙失状》）中外老成人罢黜几尽，其所用的多系儇慧少年。（《宋史》卷三百二十七《王安石传》）"安石训释《诗》、《书》、《周礼》既成，颁之学官，天下号曰'新义'。一时学者无敢不传习，主司纯用以取士，士莫得自名一说"。（同上）王安石为宋代有为之政治家，而乃不知为政之道，第一需要博采众议，第二需要力行，而乃如荀子所说："自为谋而莫己若者亡。"（《荀子》第三十一篇《哀公篇》）这样，宋代的政风何能产生尚气节之士。

我所以不惮烦引证历史，盖欲证明孙行者要求国王亲迎，在风俗颓敝之时，可以矫奔竞之风。

> 万章曰："庶人召之役，则往役。君欲见之，召之则不往见之，何也？"曰："往役，义也；往见，不义也。且君之欲见之也，何为也哉？"曰："为其多闻也，为其贤也。"曰："为其多闻也，则天子不召师，而况诸侯乎？为其贤也，则吾未闻欲见贤而召之也。"（《孟子·万章》下）

贤者固不可召，更何能召而训之以新义。召之即来，来而听聆新义，这只是躁于富贵者之所为。以此求贤，只见伪善；以此求才，只有奴才。这些伪善的奴才平日非先王之言不敢言，非先王之服不敢服，慷慨悲愤，肝胆堪与日月争光，一旦看到国事日非，必求生以害义，绝不会见危以授命。方岳无钧石之镇，关门无结草之固，世风浇薄，莫斯为甚。然而履霜坚冰，固非一朝一夕之故。仕进者以苟得为贵，而鄙居正；当官者以从顺为高，而笑憨直。悠悠风尘皆奔竞之士，列官千百无謇谔之风，则当年之信誓旦旦，表示忠诚，实不过迷于利禄，欲得美官而已。史家皆谓东汉多蹈义之士，此实光武奖励名节有以致之，例如严光，泥涂轩冕，不事王侯，高尚其志，而光武却能以礼下之。奋乎百世之上，百世之下，犹可“使贪夫廉，懦夫立，是有大功于名教也”。（范仲淹《严先生祠堂记》）余有慨于世风之薄，故反复孙行者之事而不辍。

比丘国国王要取小儿心肝为药引子

汉高祖大朝诸侯群臣，置酒未央前殿，高祖奉玉卮，起为太上皇寿，曰："始大人常以臣亡赖，不能治产业，不如仲力，今某之业所就，孰与仲多？"殿上群臣皆称万岁，大笑为乐。（《史记》卷八《高祖本纪》九年）皇帝以国家为自己的产业，不是高祖一人的见解，历代帝王无不皆然。不过他们都不肯言，甚者且谓我为皇帝，辛苦极了，"为谁为之，救物故也"[①]。高祖快人快事，才肯说出真话。

国家的所有权属于皇帝。所有主对其产业有使用收益处分的权；皇帝对于国家，也可以使用，可以收益，可以处分。但是国家除土地外，尚有人民。人民栖息于土地之上，不能离开土地而生存，所以皇帝不但以死的土地为私有财产，且以活的

---

① 此系梁武帝之言，见《梁书》卷三十八《贺琛传》。

人民为私有财产。谁为皇帝，谁对于全国人民，就取得了使用收益处分的权。皇帝向人民征敛徭赋而制杀生，无非是这个权力的行使。唐僧四众经过比丘国之时，看见街坊人家各设一个鹅笼，都藏小儿在内。原来是国王好色，弄得精神怠倦，身体尪羸，要取一千一百一十一个小儿的心肝，煎汤服药，以为服后有千年不老之功。“人家父母惧怕王法，俱不敢啼哭”。（第七十八回）“因求永寿戕童命，为解天灾杀小民”，而乃谓王法，此无他，国家是皇帝的产业，“尺土莫非其有也，一民莫非其臣也”，（《孟子·公孙丑》上）皇帝对之自有使用收益处分的权。

皇帝行使这种权力，须能自己节制，行使过甚，势将引起人民反感，而如孟子所说，“暴其民甚，则身弑国亡，不甚，则身危国削”。（《孟子·离娄》上）然而制度上没有方法拘束皇帝行使权力，单单希望皇帝发现良心，控制自己，其难成功，自是意中的事。

个人的财产是“物”，使用而不节制，不过害其一家衣食，皇帝的财产尚包括有“人”，使用而不节制，受害者乃人之生命。东汉末年阉宦用事，群奸秉权，至乃“杀害不辜为威风，聚敛整辨为贤能，视民如寇仇，税之如豺虎”。（《后汉书》卷九十一《左雄传》）“少民困贫，多不养子”。（《后汉书》卷九十七《贾彪传》）当时所牺牲的人命何止一千一百一十一个。隋炀帝虐用其民，骄怒之兵屡动，土木之功不息，征税百端，猾吏侵渔，人不堪命，盗贼蜂起，而帝乃谓“天下人不欲多，多则为贼”。（《隋书》卷二十四《食货志》）暴君的见解如此，百姓哪得安居。然而皇帝擅国权、能利害、制杀生，人民久处于淫威之下，不知不觉之间，竟然养成了服从权力的伦理观念。《圣经》说：“在上有权柄的，人人当顺服他，因为没有权柄不是出于上帝的。凡掌权的都是上帝所命的，所以抗拒掌权的，就是抗拒上帝的命；抗拒的必自取刑罚”。（《新约·罗马书》第十三章第一节至第二节）又说：“你们做仆人的，凡事要存敬畏的心，顺服主人。不但顺服那善良温和的，就是那乖僻的也要顺服。”（《新约·彼得前书》第二章第十八节）这样，皇帝虽有虐政，人民也只有顺服。

侥幸得很，吾国古代还没有这种盲目顺服权力的伦理观念。固然儒家主张“臣事君以忠”，然而尚有一个条件：“君使臣以礼”。（《论语·八佾》）孔子云：“君君臣臣。”（《论语·颜渊》）即君尽君道，而后臣尽臣道。而如孟子所说：“君之视臣如手足，则臣视君如腹心。君之视臣如犬马，则臣视君如国人。君之视臣如上芥，则臣视君如寇仇。”（《孟子·离娄》下）君臣尚且如此，何况君民。人类的思想不能离开过去经验，从空创造出来。吾国自有历史之后，均是君主政治。所谓共和，所谓民主，历史上并无其事。所以先哲皆以君主政治为天经地义，不加怀疑。一方主张君主政治，他方有鉴于桀纣之暴，深知苛政猛如虎。如何调和两者，遂成为吾国政治思想的中心问题。

关于这个问题，主张比较显明的有儒、法两家。法家主张法治，欲用法律以拘束君主。管子曾言："先王之治国也，使法择人，不自举也。使法量功，不自度也。"（《管子》第四十六篇《明法》）又说："先王之治国也，不淫意于法之外，不为惠于法之内。"（同上）韩非学于荀子，荀子是主张人治的。他说："有良法而乱者有之矣，有君子而乱者，自古及今未尝闻也。"（《荀子》第九篇《王制》）又说："有乱君无乱国，有治人无治法。羿之法非亡也，而羿不世中。禹之法犹存，而夏不世王。故法不能独立，类不能自行，得其人则存，失其人则亡。法者治之端也，君子者法之原也。故有君子，则法虽省，足以遍矣；无君子，则法虽具，失先后之施，不能应事之变，足以乱矣。"（《荀子》第十二篇《君道》）而韩非之言，乃与管子相同。即"明主使法择人，不自举也，使法量功，不自度也。"（《韩非子》第六篇《有度》）此言人君须循法而治。他又说："明主使其群臣不游意于法之内，不为惠于法之外，动无非法。”（同上）此言人臣须循法而治。君臣循法，虽然未必就有尧舜之治，而必不会发生桀纣之暴。不过法家思想尚有漏洞。他们不知法治须以分权为前提，制定法律的权属于君主；君主未必皆贤，则其所制定的法何能保其不至祸国殃民，势必选择其有利于自己者而发布之。“利在故法前令，则道之；利在新法后令，则道之。”（《韩非子》第四十三篇《定法》）这样要束缚君主于法律之内，实非易事。

儒家主张人治，孔子云：“为政在人。”“其人存，则其政举，其人亡，则其政息。”（《中庸》）为政如何而能得人，孟子提出“贤者在位，能者在职”（《孟子·公孙丑》上）的主张，并云“唯仁者宜在高位”。（《孟子·离娄》上）这种见解似甚合理，而细加研究之后，又可发见其中亦有漏洞。何以说呢？谁是贤能，谁是仁者，在民主政治，有选举制度，选举错误，人民可于其人任期满了之后，不再选举其人；或于其人任期未满以前，用弹劾或不信任投票，令其去职。即谁是贤能，谁是仁者，其任期如何，都由人民直接或间接表示意见。孟子云：“天子不能以天下与人。”“舜有天下也，孰与之，天与之！”“天与贤，则与贤，天与子，则与子。”（《孟子·万章》上）天不言，何以知道天意所在？孟子主张“民为贵”，（《孟子·离娄》上）他引《太誓》之言，以为“天视自我民视，天听自我民听”。（《孟子·万章》上）又云：“得乎丘民而为天子。”（《孟子·尽心》下）“桀纣之失天下也，失其民也；失其民者，失其心也。”（《孟子·离娄》上）即以民意代表天意。孟子此种言论很接近于民主主义了。哪知孟子说到这里，又转了一个弯，不能贯彻到底，他说：“左右皆曰贤，未可也。诸大夫皆曰贤，未可也。国人皆曰贤，然后察之；见贤焉，然后用之。左右皆曰不可，勿听。诸大夫皆曰不可，勿听。国人皆曰不可，然后察之；见不可焉，然后去之。”（《孟子·梁惠王》下）左右皆曰贤，而即用之，皆曰不可，而即去之，这是宫廷政治。诸大夫皆曰贤，而即用之，皆曰不可，而即去之，这是官僚政治。国人皆曰贤，而即用之，皆曰不可，而即去之，这是民主政治。但孟子并不愿以国人的意见为“用之”与“去之”的标准；而必再加访察，见其果然是贤，然后用之，见其果然是不可，然后去之。即如孔子所说：“众恶之，必察焉；众好之，必察焉。”（《论语·卫灵公》）于是便发生一个问题，谁“察”、谁“见”其人果然是贤或果然是不可？推孟子之意，似宜委之于贤人。但是谁是贤人，由谁决定，用哪一种方法决定，孟子并无一言说到。在民主国家，由国人投票决定，谁能得到多数投票，谁便是贤人。方法简单，不致引起争端。倘如孟子所言，国人不能决定，则决定贤人的须为“超人”。然而这个“超人”又由谁决定呢？我说我是超人，他说他是超人，到底哪一位是超人，难免发生争执，弄到结果，将如丹第（Dante Alighieri）所说：“The people which triumphed over all the other peoples that contended for the empire of the world，triumphed by the judgment of God. For the ordeal by battle is the final test of justice. What is acquired by duel is acquired by right.”①谁武力强，谁便是超人了。

何况孟子所说的“天”又是一个幽灵，不可摸捉。他说：“天子能荐人于天，不能使天与之天下。”“昔者尧荐舜于天，而天受之”，所谓“荐舜于天，而天受之”就是“使之主祭，而百神享之”。百神是否享之，如何能够知道？倘令孟子思想只此而已，则其学说完全与欧洲中世的神权思想同出一辙。所幸者，孟子尚有一句：“暴之于民，而民受之”，所谓“暴之于民，而民受之”就是“使之主事而事治，百姓安之”。（《孟子·万章》上）这个“使之”两字值得注意，据

① W. A. Dunning，A History of Political Theories，Ancient and Mediaeval，1923，p. 232.

孟子言，荐舜于天的是当时的天子尧，暴之于民的也是当时的天子尧。天子肯荐舜于天，而暴之于民，然后舜才有表示贤能的机会。万一天子不荐不暴，又将如何？孟子对此毫无一言，这又是孟子学说的漏洞。

孟子固然不能视为民主主义者，但他确是反抗暴君的人。他说："天子不仁，不保四海；诸侯不仁，不保社稷。"（《孟子·离娄》上）汤放桀，武王伐纣，这不是臣弑其君，"贼仁者谓之贼，贼义者谓之残，残贼之人谓之独夫，闻诛一夫纣矣，未闻弑君也"。（《孟子·梁惠王》下）这是多么痛快的话！问题所在乃是人主是否残贼，既没有一部法律作为判断的根据，又没有一个机关负审查的责任。判断的权力只能委于当时强有力的人。这个人的判断是否合理，不失为一个问题。在今日民主国，要弹劾总统，尚须经过两种程序，先由民意机关依多数人之意见，提出弹劾案，次由司法机关依法律之规定，审判弹劾案。两种程序均已完毕，总统方才去职。今乃依汤武之意，以桀纣为独夫，强迫桀纣下台，而以天子之位让给汤武。要求天子逊位的就是要做天子的人，天下危险的事莫过于此。我们深信汤武确是贤圣，桀纣确是残贼，然而圣贤之人能如汤武那样，并不多有。"由尧舜至于汤，五百有余岁；由汤至于文王，五百有余岁；由文王至于孔子，五百有余岁”。（《孟子·尽心》下）五百余年才出现一位贤圣，则把判断天子仁暴的权力委于个人，何怪历史上不断发生禅让与讨伐的事。

其实，孟子思想尚未脱掉贵族色彩。他说：“为政不难，不得罪于巨室；巨室之所慕，一国慕之；一国之所慕，天下慕之。”（《孟子·离娄》上）“巨室喻卿大夫之家也。”（《孟子注疏·离娄》上，正义曰）在孟子时代，卿大夫还是以贵戚为多，所以孟子又说：“贵戚之卿，君有大过则谏，反覆之而不听，则易位”。（《孟子·万章》下）就是孟子把判断人君仁暴的权力委于卿大夫尤其贵戚。这不是孟子思想幼稚，而是社会还未发展到民主时代。英国宪政开始于英王约翰发布大宪章，而大宪章的发布则出于贵族强迫，历史发展如此，吾人何怪乎孟子。

总之，孟子犹如韩非，韩非的法治绝不是现代的法治主义；孟子的民本也不是现代的民主主义。孟子思想包含有两个观念：一是“天”的观念，即神权思想，二是革命观念，即放伐暴君。所以他的学说只可与欧洲十六世纪的“暴君放伐论”（Monarchomachos）相比[①]。两者均以神意为前提，

---

① 参阅拙著增订四版《政治学》六一页以下，一四一页，一四二页。

主张仁政而反对暴君。至于如何防止暴君的发生，均未曾提出具体的方案；唯于暴君发生之时，赞成“汤放桀，武王伐纣”，用武力以对抗武力。这与今日民主主义有代议制度以表示人民的意思，又有分权制度，以牵制政府的权力，当然大异其趣。

吾国古代不断地发生暴君，儒家例如孟子只知事后抗暴，不知事前防暴。法家例如韩非固然欲用法律以拘束君主，而关于“法律如何制定”这个前提问题，又舍而不谈。吾国先哲有主张而无办法，这是吾国思想的缺点。罗马皇帝尼罗（Nelo）之暴并不下于桀纣，然而欧洲能够由极端专制渐次进化为民主国家，吾国数千年来，一朝亡，一朝兴，而均是“以暴易暴”，永久停止于专制阶段者，其故何哉？人类思想不能离开历史经验，从空创制出来。欧洲在希腊罗马共和时代，曾经采用过民主政治，有亚里士多德（Aristotle，B. C. 384–B. C. 322）的民权思想，有鲍里贝士（Polybius，B. C. 204–122）的制衡学说。这种学说在中世黑暗时代，虽然埋没不闻。但是到了中世末期，意大利商业城市繁荣之后，又一变封建时代的作风，要求新的思想，以与新的环境配合。但是要建立一种思想，须经过长久努力，所以最初只能于古代文化的废墟之中，找出那些类似的思想，稍加修正，以适合于现实社会的需要。希腊文化是商业社会的产物，意大利的商业共和国颇有似于古代商业共和国的雅典。因此，意大利学者在希腊文化之中，一旦发见许多适应于他们环境的思想之后，不禁予以热烈欢迎。这样，就发生了文艺复兴。由文艺复兴，经宗教改革，产业革命，而至于美国独立，法国革命，古代希腊的民主思想就代替了近代初期的暴君反抗论。这是欧洲能由君主专制而转变为民主政治的原因之一。反之，吾国自有历史以来，均是君主专制，历史上没有民主政治，因之学者遂不能认识世上除君主外，尚有共和；除专制外，尚有民主。其或顾到人民利益者，固然主张“民为贵”，“民为邦本”，国家行政应以人民福利为目标，然其思想距离民主主义尚远，而只是警察国（Polizeistaat）时代的福利主义（Eudämonismus）。其结果，不但不能增加人民的福利，反而供给政府以口实，政府常借口于人民福利，任意干涉人民生活[1]。因为“什么是人民的福利”，“怎样增进人民的福利”，即不由人民决定，而由政府决定；同时“福利”一语，意义又复多端，且依各人之主观的见解而不同，则政府所决定者到底是否人民的福利，实有问题。法国大革命时代雅各宾党（Jakobiner）固曾宣布一般

① 参阅拙著增订四版《政治学》，四四页以下。

福利为国家的最高目的[①]，现代共产主义者G. Babeuf（1760–1797）及其门徒也借口于一般福利（bonheur commun），以辩护其把整个社会变为监狱的计划[②]。纳粹（Nagi）时代的德国以“公益先于私益”（Gemeinnutz vor Eigennutz）为标榜。铁幕内的共产国家也借词于劳动大众的利益。其实际情形如何，众所共知，固无须吾人喋喋也。

说到这里，离题远了。我们不是研究《西游记》，而是利用《西游记》的材料，研究吾国古代的政治现象与政治思想。比丘国国王要取小儿心肝以作药引，世上残酷之事莫此为甚。其实，像汉桓、灵、隋炀帝，等等，其所害人命何止一千一百一十一个。吾国先哲主张仁政，不遗余力，而暴君乃层出不穷，为什么呢？有理想而无办法，知抗暴不知防暴，吾人研究孟子思想，就可知道。生在今日，倘犹取古人之言，断章取义，以为吾国老早就有民主思想，完全是自欺欺人之语。

---

① G. Jellinek，Allgemeine Staatslehre，3 Aufl.，1929，S. 243. 同书244，Anm. 1. 曾引一七九三年六月二十四日雅各宾宪法第一条：Le but de la societe est la bonheur commun.

② G. Jellinek，a. a. O.，S. 244.

凤仙郡三年亢旱

凤仙郡三年不雨，“斗粟百金之价，束薪五两之资，十岁女易米三升，五岁男随人带去”。百姓生活艰苦极了。亢旱三年，据《西游记》所言，乃郡侯因妻不贤，恶言相斗，一时怒发，将斋天素供，推倒喂狗，口出秽言，冒犯上天。因此，玉帝赫然震怒，下令龙王不再降雨。我看到这里，固然感觉郡侯之罪甚小，三年亢旱，其罚过重。何况“郡侯十分清正贤良，爱民心重”。他知道孙行者能够求雨，即整衣步行，亲至市口，以礼相请；既闻孙行者愿送他一场大雨，又请行者上坐，低头下拜。（第八十七回）爱民如此，纵有小罪，亦应赦宥。玉帝滥刑，我在本书《卷帘大将失手打碎了琉璃盏》一文中已有论述。我们所最不能了解的，郡侯冒犯上天，何以不罚郡侯，而乃三年不雨，遗害黎民。小说家有此描写，乃基于社会意识，而这社会意识，亦有其发生的原因。

郡侯不仁，（“不仁”二字乃玉帝批评郡侯之语，见第八十七回）所以天降灾异。这种因果关系是否合理，姑舍而不谈。人们由此又基于错误的逻辑，而谓天降灾异，必因郡侯不仁。一郡亢旱，郡侯既应负责，则天下大旱，天子亦宜负责。换言之，一郡亢旱若是由于郡侯不仁，则天下大旱自应视为天子不仁。旱之有无是客观的事实，政之得失往往依主观的见解而异其判断。以客观的旱灾归咎于主观的失政，盖欲人主“虔恭寅畏，动必思义，虽在幽独，如承大事，知神明之照临，惧患难之及已”，（《旧唐书》卷三十七《五行志》）而能责躬省咎，修德消灾。这种神道设教，除小说外，又散见于正史之上。

一部二十四史随处都有神权思想。在神权时代，君主所恃以统治人民者在于“天佑吾皇”。朝代将亡，必曰“天命殛之”，朝代将兴，亦曰“皇天眷佑”。吾人于《汤誓》及《泰誓》之中，可以发见许多“上帝”、“天命”、“上天”、“天罚”等的文字。古人所说的“天”，除自然的天及自然的理之外，尚指神祇，即所谓上帝。孟子云：“昔者尧荐舜于天，而天受之……使之主祭，而百神享之，是天受之。”（《孟子·万章》上）天指神祇，观此可以知道。纣说：“我生不有命在天。”（《尚书·西伯戡黎》）项羽说：“此天之亡我，非战之罪也。”（《史记》卷七《项羽本纪》）即兴亡成败均谓为决定于神，不是人力所能左右。

专制君主所恃以统一全国者，就是这个神权观念。“天佑吾皇”，你们小民何敢反抗。因此，人们要想革命，亦须利用神权观念。革命是以破坏旧的政权而建立新的政权为目的。要破坏旧的政权，须先推翻旧的神权观念。怎样推翻？假托神怪，以惑乱人心，是最好的方法，秦始皇末年，社会上传播了许多“亡秦者胡也”，“始皇帝死，而地分”，“今年祖龙死”等的谣言。（《史记》卷六《秦始皇本纪》三十二年及三十六年）不过这个方法只能推翻旧的政权，要建立新的政权，亦须利用迷信，说明新的政权基于天意。陈胜吴广起事之时，利用罾鱼狐鸣，使人相信“大楚兴，陈胜王”，（《史记》卷四十八《陈涉世家》）就是其例。

古来最善利用神权观念以觊觎大位的，莫过刘邦。

> 高祖隐于芒砀山泽岩石之间，吕后与人俱求，常得之。高祖怪问之，吕后曰：“季所居，上常有云气，故从往，常得季。”高祖心喜，沛中子弟或闻之，多欲附者矣。（《史记》卷八《高祖本纪》）

高祖所居，上有云气，别人看不见，看得见的只有吕后一人，而吕后说了之后，沛中子弟闻之，“多欲附者矣”。“刘季固多大言”，（同上，萧何之语）“吕后为人刚毅”，（《史记》卷九《吕后本纪》）以大言之夫配以刚毅之妻，雄心勃勃，在国家将乱之时，利用神权，以取得人们拥护。所以陈胜起义之后，沛县父老杀了沛令，“皆曰平生所闻刘季诸珍怪，当贵”，“乃立季为沛公”。（《史记》卷八《高祖本纪》）刘邦与吕后的计划果然成功了。

依正史所载，每朝创业之主，不问一统或偏安，大率均有神异之处。这个神异不但表示他与凡人不同，且又表示其即帝位，是依“上天”即“上帝”之意。董仲舒说：“德侔天地者称皇帝，天佑而子之，号称天子。”（《春秋繁露》第二十三篇《三代改制》）皇帝之位授之于天，天命不佑，而后才会失掉帝位。古代没有法律能够拘束君主，也没有机关能够监督君主，虽置御史及谏议大夫，而君主对于他们所言，又有接受与不接受的自由。皇帝不受任何拘束，其所畏惧的只有“上天”。天不言，如何而能推测天意？《易》曰：“天垂象，见吉凶。”（引自《旧唐书》卷三十七《五行志》）政修则天赐祥瑞，政失则天降灾异。比方日蚀，《汉书》云：“凡日所躔而有变，则分野之国失政者受之。人君能修政，共御（恭御之意）厥罚，则灾消而福至。不能，则灾息而祸生。”（《汉书》卷二十七下之下《五行志》）《后汉书》亦说：“日者太阳之精，人君之象，君道有亏，为阴所乘，故蚀。”（《后汉书》卷二十八《五行志》）古代帝王看到日月失明、星辰逆行、山崩泉涌、地震石陨、夏霜冬雷、春凋秋荣、陨霜不杀、水旱蝗虫，无不悚然忧惧，以为上天震怒，而谋所以补过之道。昔，武王死，成王立，周公摄政，管叔、蔡叔放言于国，以诬周公。成王颇信流言，周公避居东都，秋大熟未获，天大雷雨以风，禾尽偃，大木斯拔。成王启金縢，知周公勤劳王家，泣曰：“今天动威，以彰周公之德。”遂遣使者往迎。“天乃雨反风，禾则尽起，岁则大熟。”（《尚书·金縢》）这固然是一种神话，然其影响于后世人主者甚大。汉惠帝崩，吕后称制，七年正月乙丑日食，昼晦，太后恶之，心不乐，乃谓左右曰：“此为我也。”（《史记》卷九《吕后本纪》）唐高宗永徽元年四月一日晋州地震，六月十二日又震，高宗顾谓侍臣曰：“朕政教不明，使晋州之地屡有震动。”（《旧唐书》卷三十七《五行志》）皇帝不受任何拘束，所畏唯天。吾国历史关于灾异必有所纪，盖欲“书之示戒，用儆后王”。（同上）照历史说，凡天降灾异之时，皇帝下诏罪己，并令群臣直言极谏。唐太宗贞观十一年七月一日，黄气竟天，大雨，谷水溢入洛阳宫，深四尺，坏左掖门，毁宫寺一十九，洛水暴涨，漂六百余家。帝引咎，令群臣直言政之得失。十三日诏曰："暴雨为灾，大水泛滥，静思厥咎，甚惧焉。文武百寮各上封事，极言朕过，无有所讳。"（同上）则天神龙元年七月二十七日，洛水涨坏百姓庐舍二千余家，诏九品以上直言极谏。右卫骑曹宋务光上疏曰："陛下不出都邑，近观朝市，则以为率土之人既康且富。及至践闾陌，视乡亭，百姓衣牛马之衣，食犬彘之食，十室而九空，丁壮尽于边塞，孤孀转于沟壑，猛吏淫威，奋其毒暴，征急攻破其资。马困斯跌，人穷乃诈，或起为奸盗，或竞为流亡，从而刑之，良可悲也。"（同上）灾异最能引起人主关心的，莫如旱蝗。文宗开成四年天下旱，蝗食田，祷祈无效，上忧形于色。宰臣曰："星官奏天时当尔，乞不过劳圣虑。"文宗懔然改容曰："朕为天下主，无德及人，致此灾旱，今又彗星谪见于上，若三日内不雨，当退归南内，卿等自选贤明之君以安天下。"宰臣呜咽流涕不能已。（同上）天旱，竟令天子欲逊位，古代皇帝何以这样关心旱灾呢？

吾国为农业国家，农业需要雨水，雨水不调，淫雨则田园泛滥，久旱则田园干枯，均可使数百万里的膏壤变为池沼或化为沙田。农村破坏，农业生产力降低，一方农民流亡，社会上充斥着无数流氓无产者，他方米价腾贵，贫穷成为普遍的现象。这个时候，政府若不赈恤，则百姓饥寒交迫，必相率离开王化的社会，走到不法的方面去，用违法的手段，来苟全自己的生命。“安居则不胜冻馁，死期交急；剽窃则犹得延生。于是始相聚为群盗”。（《资治通鉴》卷一百八十一隋炀帝大业七年）群盗蔓延，引起大盗，而政权就颠覆了。晋之南渡由于八王作乱，引起五胡乱华。五胡能够乱华，又由于旱蝗为灾。惠帝元康七年七月雍梁大旱，关中饥，米斛万钱，诏骨肉相卖者不禁。怀帝永嘉三年三月大旱，江汉河洛皆竭可涉。四年五月幽并司冀秦雍等六州大蝗，食草木牛马毛皆尽。五年六月百姓饥俭，米斛万余价。愍帝建兴四年十月京师饥甚，米斗金二两，人相食，死者过半。（见《晋书》各纪）大众受了饥饿的压迫，只有流移就谷。他们流亡，不是逃至天国，而是走入地狱。永嘉元年刘琨为并州刺史，他于沿途所见的流亡情况，据他报告：“臣自涉州疆，目睹困乏，流移四散，十不存二，携老扶弱，不绝于路。及其在者，鬻卖妻子，生相捐弃，死亡委厄，白骨横野，哀呼之声，感伤和气。”（《晋书》卷六十二《刘琨传》）百姓流离道路，转死沟壑，人不堪命，只有沦为盗匪，攻城剽邑，作夺取政权的豪举。在这时期，蛮族也同百姓一样，受了生活压迫，开始流亡。羯人石勒，氐人李特都是因为流亡而乘机作乱的。（参阅《晋书》卷一百四《石勒载记》、卷一百二十六《李特载记》）隋末，盗贼蜂起，据李勣说："天下之乱本于饥。"（《新唐书》卷九十三《李勣传》）唐末，黄巢作乱本于饥，故能兴江淮，根蔓天下[1]。旱灾可使政权颠覆，难怪凤仙郡侯听到孙行者能够求雨，宁愿整衣步行，亲至市口，低头下拜。汉宣帝时，丙吉为丞相，见长安市上死伤横道，置之不理。逢人逐牛，牛喘吐舌，急驻车询问。（《汉书》卷七十四《丙吉传》）这不是"知大体"的人哪里懂得此中道理。

古者宰相"不亲小事"。其职乃上佐天子，"调和阴阳"。（同上）所谓调和阴阳不是玄学之词，而是讲求具体的政策。阴甚而久雨，须开凿河流，使雨不成灾；阳极而将旱，须讲求水利，使旱不妨耕。丙吉见牛喘吐舌，驻车询问，盖"方春少阳用事，未可大热，恐牛近行，用暑故喘"。（同上）此乃时气失节，旱灾之象，宰相宜未雨绸缪，不可临时束手。后世不明此旨，"灾眚变咎，辄切免公台"。（《后汉书》卷七十六《陈忠传》）不察宰相之努力，唯视天象之变

① 《新唐书》卷一百八十五《郑畋传》。《资治通鉴》卷二百五十三唐僖宗广明元年"天下盗贼蜂起，皆出于饥寒"。《旧五代史》卷一《梁太祖纪》唐僖宗乾符中，"关东荐饥，群贼啸聚，黄巢因之，起于曹濮，饥民愿附者凡数万。"

化，于是调和阴阳失去意义，而变为玄学之词。然而东汉逢到灾异，宰相还须免职，末世，政府当局一方知灾异乃天然现象，而不责躬自省，他方关于防灾一事，又不肯早作戒备。为人君者上不怕天，下不怕地，中不怕人，君主专制就没有方法控制了。

我生于前清光绪年间，当时科学尚未昌明，凡有大旱，县长为民父母，必于众目共睹之下，跪在烈日之中祈雨。这不是迷信，而是表示与民同艰苦之意。百姓既见县长不避暑热，为民求雨，自可引起他们同情之心，虽欲作乱，而思乱之心亦常为同情之心所压伏。民国成立之后，科学知识普及民间。同时县长由民之父母降低为民之公仆。民权万岁，科学发达，懿欤盛哉！天何以旱，自然现象也，既系自然现象，县长何能为力。百姓哭在田中，县长乐在屋里，开冷气机，吃冰淇淋。何怪无知小民不愿官为公仆，而愿官为父母，虽然“管”我，而尚留心水旱；官为公仆，管则管矣，而对于水旱乃漠不关心。吾人读凤仙郡郡侯之事，深有所感，故略述历史上的故事，以伸吾意。

阿傩伽叶向唐僧讨取贿赂

唐僧四众跋履山川，逾越险阻，一路与恶魔毒怪抗斗，共历一十四寒暑，才到灵山，参见佛祖。大功告成，他们固谓三藏佛经可以得到了。哪知阿傩、伽叶二位尊者竟对唐僧说："圣僧东土到此，有些什么人事送我们，快拿出来，好传经与你去。"我看到这里，以为灵山圣地，哪里还讲什么人事，这不过两位尊者开开玩笑而已。及至唐僧告以来路迢遥，不曾备得人事，阿傩、伽叶就将无字的白本交给唐僧，而后方知他们两位确实是"揩财作弊"。然而尚谓佛祖至善，未必知情。哪知孙行者控诉之时，佛祖竟然笑道："经不可轻传，亦不可空取。你如今空手来取，是以传了白本。"即叫阿傩、伽叶将有字的真经交与唐僧。问题至此解决吗？没有。阿傩、伽叶领了四众，检取真经之时，"仍问唐僧要些人事。唐僧无物奉承，即命沙僧取出紫金钵盂，双手奉上，阿傩接了，但微微而笑，伽叶却才进阁检经，一一查与三藏”。（第九十八回）唐僧回国之后，曾将阿傩、伽叶如何索取人事，佛祖如来如何袒护两人，紫金钵盂如何送与两位尊者，一一面奏太宗，（第一百回）是则佛门弟子要求贿赂，乃是千真万确的事。阿傩、伽叶侍从佛祖左右，为佛祖最亲信的弟子，其向唐僧索取人事，管珍楼的力士羞之，管香积的庖丁羞之，看宝阁的尊者亦羞之。（第九十八回）而他们两位恬不知耻。以佛祖之贤慧，而竟信任贪墨之徒，这是我们所大惑不解的。

但是我们研究吾国历史，又可知道创业之主虽然望治之心甚切，而对于贪墨之臣，又往往认为可靠，而愿寄以腹心之任。为什么呢？问舍求田，原无大志，古来匹夫而登帝位者大率是不事生产的人。以两汉为例言之，高祖刘邦不事家人生产作业。尝繇咸阳，纵观秦皇帝，喟然太息曰：“嗟乎！大丈夫当如此矣！”（《汉书》卷一上《高祖纪》）其父太公曾责高祖“亡赖，不能治产业，不如仲力”。（《汉书》卷一下《高组纪》九年）然而我们须知只唯这种的人才肯不顾生死，做出惊天动地的事。反之，光武则不然了。“性勤于稼穑，兄伯升常非笑光武事田业，比之高祖兄仲”。（《后汉书》卷一《光武帝纪》）光武本来“重慎畏事”（《后汉书》卷一上《光武帝纪》注引《东观记》）而无大志，其最高希望不过做执金吾[①]。其能身登九五之尊，乃得力于兄伯升首创大业。伯升同高祖一样，“不事家人居业，倾身破产，交结天下雄俊”。（《后汉书》卷四十四《齐武王縯传》）倘令伯升不为更始所害，则帝位是否属于光武，颇成问题。观两汉二帝之事，可知人主不厌贪墨之臣，而怀疑轻财好士之人，固有理由。东汉时，北海王睦性谦恭好士，千里交结，自名儒宿德，莫不造门，由是声价益广。永平中，法宪颇峻，睦乃谢绝宾客，放心音乐。岁终，遣中大夫奉璧朝贺，召而谓之曰：“朝廷设问寡人，大夫将何辞以对？”使者曰：“大王忠孝慈仁，敬贤乐士，臣虽蝼蚁，敢不以实。”睦曰：“吁，子危我哉！大夫其对以孤袭爵以来，志意衰惰，声色是娱，犬马是好。”使者受命而行。（《后汉书》卷四十四《北海敬王睦传》）聪明哉北海王！明帝察察为慧。谦恭好士，千里交结，何能不引起明帝怀疑。声色是娱，犬马是好，其无大志，可想而知。

在吾国历史上，大臣恐天子见疑，而以好货自污的不乏其例。

---

① 初光武至长安，见执金吾车骑甚盛，因叹曰：“仕官当作执金吾。”见《后汉书》卷十上《光烈阴皇后传》。

始皇欲攻取荆，王翦将兵六十万人，始皇自送至灞上。王翦行，请美田宅园池甚众。始皇曰：“将军行矣，何忧贫乎？”王翦曰：“为大王将，有功终不得封侯，故及大王之向臣，臣亦及时以请园池，为子孙业耳。”始皇大笑。王翦既至关，使使还请善田者五辈，或曰：“将军之乞贷亦已甚矣。”王翦曰：“不然，夫秦王怚而不信人，今空秦国甲兵而专委于我，我不多请田宅，为子孙业以自坚，顾令秦王坐而疑我耶？”（《史记》卷七十三《王翦传》）

与此相似的尚有萧何。

黥布反，上自将击之，数使使问相国（萧何）何为。客又说何曰：“君灭族不久矣。君初入关，本得百姓心，十余年矣，皆附君，尚复孳孳得民和，上所以数问君，畏君倾动关中。今君胡不多买田地，贱贳贷以自污，上心必安。”于是何从其计，上乃大悦。（《汉书》卷三十九《萧何传》）

秦始皇、汉高祖都是创业之主，始皇见王翦求田而大慰，高祖闻萧何贪墨而大悦。此无他，古来有大志的往往不事家人生产作业，好货便是没有大志的表现。何况大臣贪浊，百姓受了剥削，当然不会拥戴其人为天子。政局愈混乱，人主愈喜用贪墨之臣，不是没有原因的。宋太祖由将士拥护，黄袍加身，而登帝位。

乾德初，帝因晚朝，与石守信等饮酒，酒酣，帝曰："我非尔曹不及此，然吾为天子，殊不若为节度使之乐，吾终夕未尝安枕而卧。"守信等顿首曰："今天命已定，谁复敢有异心，陛下何为出此言耶？"帝曰："人孰不欲富贵，一旦有以黄袍加汝之身，虽欲不为，其可得乎。"守信等谢曰："臣愚不及此，惟陛下哀矜之。"帝曰："人生驹过隙尔，不如多积金帛田宅以遗子孙，歌儿舞女以终天年，君臣之间无所猜嫌，不亦善乎。"守信谢曰："陛下念及此，所谓生死而肉骨也。"明日皆称病乞解兵权。帝从之，皆以散官就第，赏赉甚厚。（《宋史》卷二百五十《石守信传》）

守信"专务聚敛，积财数万，尤信奉释氏，在西京建崇德寺，募民辇瓦木，驱迫甚急，而佣直不给，人多苦之”，史家谓其以此自晦[①]，不无理由。五代诸帝多由将士拥立，宋承五代之后，天子既虑将士之以拥己者拥人，一般武将受了猜疑，则为保全生命起见，非再来一次政变，只有自解兵权。但是兵权虽已解除，而当年威望尚在，难保不为别人利用。在这种情况之下，石守信自毁声誉，以保生命，固是聪明之举。

观历史所言，可知阿傩、伽叶勒财作弊，何以佛祖不加禁止，反而倚为亲信，令其侍从左右了。孙行者官封大圣，位号齐天，而乃大闹天宫，要求玉帝逊位，以为“玉帝轮流做，明年到我家”。（第七回）东方既有叛仙，西方何能保证其无叛佛。历代帝王不能保其生命者，往往是患生于肘腋之间，令好货之徒侍从左右，许其稍事贪墨，多积金帛田宅以遗子孙，比之任用那倾身破产，交结天下雄俊，如刘伯升之辈者，安全多了。佛门三大士：观世音菩萨居于落伽山，（第六回）文殊菩萨居于五台山，普贤菩萨居于峨眉山。（第七十七回）法力大的均谪居于外。弥勒佛虽在西天，而隋代（在《西游记》所描写的唐代以前）又有“释迦

①《宋史》卷二百五十《石守信传》论曰：“然守信之货殖钜万，岂非亦因以自晦者耶？”岂但石守信如此，赵普“以隙地私易尚食蔬圃，以广其居，又营邸店规利”，也许亦出于自晦。见《宋书》卷二百五十六《赵普传》。

佛衰谢，弥勒佛出世”之言。（《资治通鉴》卷一百八十一隋炀帝大业六年胡三省注）神通广大者未必可靠，何怪佛祖如来信任阿傩、伽叶。

但是我们须知王翦所请田地乃求之于始皇，非取之于百姓，萧何虽然贱价买之于民，然而他们两人都是以好货为手段，晦迹晦光，不是以好货为目的，多积货宝以遗子孙。后世人主不察轻重，而乃坐听左右勒索金钱，卒至贿赂公行，苞苴塞路，大臣虽然不会反戈，而小民怨声载道，更觉可怕。

在中国历史之上，贪墨之风固然无代无之，而最令人惊骇的莫过于晋。这不是说南北朝及五代的黑暗，宋明末年的亡国现象尤胜于晋；而是说，晋在开国之时就盛行贪墨之风，未免令人丧气。我们不说别的，惠帝之娶贾氏，便是因为武帝之后杨氏受了贾充妻郭氏之贿，而后力劝武帝取以为媳的。（《晋书》卷三十一《武元杨皇后传》）其他大臣莫不皆然。

> 陈郡袁毅尝为鬲令，贪浊而赂遗公卿，以求虚誉，亦遗山涛丝百斤，涛不欲异于时，受而藏于阁上。（《晋书》卷四十三《山涛传》）

南郡太守刘肇赂王戎筒中细布五十端，为司隶所纠，帝谓朝臣曰："戎之为行岂怀私苟得，正当不欲为异耳。"①

由山涛之"不欲异于时"及王戎之"不欲为异"，可知贪污已经视为当然，而廉洁反认为"为异"了。当时公卿例如王衍虽然"口未尝言钱"，而乃放纵其妻郭氏"借宫中之势，聚敛无厌，好干预人事"。（《晋书》卷四十三《王衍传》）在吾国，夫妇一体，妻之财产也是留给夫之子孙，王衍的办法确实聪明。其间虽有一二忠正之士如杜预者，纵有灭吴之功，而当其镇守荆州之时，亦数赂遗洛中贵要，或问其故，预曰："吾但恐为害，不求益也。"（《晋书》卷三十四《杜预传》）政风如此，何怪刘毅对武帝说："桓灵卖官，钱入官库，陛下卖官，钱入私门，以此言之，殆不如也。"（《晋书》卷四十五《刘毅传》）贪污成为一代风气，所以鲁褒有钱神之论，讽刺宠赂之彰。其辞曰：

> 钱之为体，有乾坤之象，内则其方，外则其圆。亲之如兄，字曰孔方，失之则贫弱，得之则富昌。钱多者处

---

①《晋书》卷四十三《王戎传》。其实武帝看错了王戎之为人。戎"性好兴利，广收八方园田水碓，周遍天下，积实聚钱，不知纪极。每自执牙筹，昼夜算计，恒若不足，而又俭啬不自奉养，天下人谓之膏肓之疾。家有好李，常出货之，恐人得种，恒钻其核"。

前，钱少者居后；处前者为君长，在后者为臣仆；君长者丰衍而有余，臣仆者穷竭而不足。京邑衣冠，疲劳讲肄，厌闻清谈，对之睡寐，见我家兄，莫不惊视。钱之所佑，吉无不利，何必读书，然后富贵。无德而尊，无势而热，排金门而入紫闼，危可使安，死可使活，贵可使贱，生可使杀。是故忿争非钱不胜，幽滞非钱不拔，怨仇非钱不解，令问非钱不发。洛中朱衣，当涂之士，爱我家兄，皆无已已，凡今之人，唯钱而已。（《晋书》卷八十四《鲁褒传》）

举国官吏均颠倒于拜金主义，政纲废弛，遂由贾后的暴戾，引起八王之乱；再由八王之乱，引起五胡乱华，经南北朝而至隋唐，中国陷入纷乱割据之局者有三百年之久。贪墨之徒虽无大志，不会觊觎帝位，而其祸国殃民亦甚可畏。为人主者不宜取其一而忘其他。

其实，阿傩、伽叶敢向唐僧讨取人事，似是出自佛祖之意。他对唐僧说：

经不可轻传，亦不可空取，向时众比丘圣僧下山，曾将此经在舍卫国赵长者家，与他诵了一遍，保他家生者安全，亡者超脱，只讨得他三斗三升米粒黄金回来，我还说他们忒卖贱了，教后代儿孙没钱使用，你如今空手来取，是以传了白本。（第九十八回）

诵经一遍，果然能使生者安全，死者超脱，则奉献三斗三升米粒黄金，固有似于淳于髡见道傍有穰田者，操一豚蹄、酒一盂，而祝曰："瓯窭满篝，汙邪满车；五谷蕃熟，穰穰满家。"（《史记》卷一百二十六《淳于髡传》）"所持者狭，而所欲者奢"，何怪佛祖谓为贱卖。佛教的领袖变成了贩卖佛经的商人，这又可与五代天子相比矣。五代之世，官以贿成，爵以贿受，全国官吏无不培敛剥下，以事权门，"功臣大将不幸而死，则其子孙率以家资求刺史，其物多者得大州善地，盖自天子皆以贿赂为事矣"。（《新五代史》卷四十六《郭延鲁传·论》）然此尚非吾人所欲讨论的问题。天道福善祸淫，诵经而能降福，又能消灾，则人们何必行善积德。佛徒诵经，代人祈福消灾，而能讨得金钱，这与罗马教会贩卖赦罪符又有什么区别。然在基督教，乃有马丁·路德出来反对，并谓教皇不是教会的最高机关，教会的最高机关乃是教徒会议（General Council）。一切教徒在信教方面都是平等的，各人均得依其良心，自由解释《圣经》，不是教皇才有解释《圣经》的权力。有此反抗，而后基督教就有了新的生命，不但新教，就是旧教，也改良了许多。反之，佛教则与此殊。累次遇到灭佛，还是墨守旧规，不想改善，只知代人诵经，讨得若干金钱，维持生活。佛徒变为社会的寄生虫，佛教也和道教一样，日渐没落，可以说是自取其祸。我们所最认为奇怪的，据《西游记》所言，司个人祸福的为冥王，司国家兴亡的为玉帝。冥王尚隶属于玉帝，佛祖则居住于西天。凤仙郡大旱之时，何以官民念了“南无阿弥陀佛”，竟能惊动上天，使玉帝下旨普降甘雨，救济黎民？（第八十七回）寇员外阳寿只该卦数，何以念佛斋僧，遂得善士之名，而能延寿一纪？（第九十七回）难道唐承南北朝之后，佛教流行，凡人能够说了一句梵语“南无阿弥陀佛”，不但人世政府免其徭赋[①]，就是上天地府也特别另眼看得吗？抑或当时盛传西天乃极乐世界，“黄森森金瓦疊鸳鸯，明幌幌花砖铺玛瑙”，（第九十八回）而佛老如来又“修成丈六金身”，（第七十七回）在拜金社会，当然引起人们羡慕，由羡慕而向往，遂至说了一句梵语“南无阿弥陀佛”，便能惊天地而吓倒帝王吗？社会愈贫穷，人们愈崇

---

①《新唐书》卷一百七十九《李训传》云：“天下浮屠避徭赋。”

奉拜金主义，以丈六金身的如来，而又瓦用黄金，砖嵌玛瑙，何怪人们争学梵语，说了一句“南无阿弥陀佛”，就有资格走到西天取“金”（经）呢！

国家新闻出版广电总局

首届向全国推荐中华优秀传统文化普及图书

大家小书书目

国学救亡讲演录	章太炎　著　蒙　木　编
门外文谈	鲁　迅　著
经典常谈	朱自清　著
语言与文化	罗常培　著
习坎庸言校正	罗　庸　著　杜志勇　校注
鸭池十讲（增订本）	罗　庸　著　杜志勇　编订
古代汉语常识	王　力　著
国学概论新编	谭正璧　编著
文言尺牍入门	谭正璧　著
日用交谊尺牍	谭正璧　著
敦煌学概论	姜亮夫　著
训诂简论	陆宗达　著
金石丛话	施蛰存　著
常识	周有光　著　叶　芳　编
文言津逮	张中行　著
经学常谈	屈守元　著
国学讲演录	程应镠　著
英语学习	李赋宁　著
中国字典史略	刘叶秋　著
语文修养	刘叶秋　著
笔祸史谈丛	黄　裳　著
古典目录学浅说	来新夏　著
闲谈写对联	白化文　著
汉字知识	郭锡良　著
怎样使用标点符号（增订本）	苏培成　著
汉字构型学讲座	王　宁　著

诗境浅说	俞陛云　著
唐五代词境浅说	俞陛云　著
北宋词境浅说	俞陛云　著
南宋词境浅说	俞陛云　著
人间词话新注	王国维　著　滕咸惠　校注
苏辛词说	顾　随　著　陈　均　校
诗论	朱光潜　著
唐五代两宋词史稿	郑振铎　著
唐诗杂论	闻一多　著
诗词格律概要	王　力　著
唐宋词欣赏	夏承焘　著
槐屋古诗说	俞平伯　著
词学十讲	龙榆生　著
词曲概论	龙榆生　著
唐宋词格律	龙榆生　著
楚辞讲录	姜亮夫　著
读词偶记	詹安泰　著
中国古典诗歌讲稿	浦江清　著 浦汉明　彭书麟　整理
唐人绝句启蒙	李霁野　著
唐宋词启蒙	李霁野　著
唐诗研究	胡云翼　著
风诗心赏	萧涤非　著　萧光乾　萧海川　编
人民诗人杜甫	萧涤非　著　萧光乾　萧海川　编
唐宋词概说	吴世昌　著
宋词赏析	沈祖棻　著
唐人七绝诗浅释	沈祖棻　著
道教徒的诗人李白及其痛苦	李长之　著
英美现代诗谈	王佐良　著　董伯韬　编
闲坐说诗经	金性尧　著
陶渊明批评	萧望卿　著

古典诗文述略	吴小如 著
诗的魅力	
——郑敏谈外国诗歌	郑 敏 著
新诗与传统	郑 敏 著
一诗一世界	邵燕祥 著
舒芜说诗	舒 芜 著
名篇词例选说	叶嘉莹 著
汉魏六朝诗简说	王运熙 著 董伯韬 编
唐诗纵横谈	周勋初 著
楚辞讲座	汤炳正 著
	汤序波 汤文瑞 整理
好诗不厌百回读	袁行霈 著
山水有清音	
——古代山水田园诗鉴要	葛晓音 著
红楼梦考证	胡 适 著
《水浒传》考证	胡 适 著
《水浒传》与中国社会	萨孟武 著
《西游记》与中国古代政治	萨孟武 著
《红楼梦》与中国旧家庭	萨孟武 著
《金瓶梅》人物	孟 超 著 张光宇 绘
水泊梁山英雄谱	孟 超 著 张光宇 绘
水浒五论	聂绀弩 著
《三国演义》试论	董每戡 著
《红楼梦》的艺术生命	吴组缃 著 刘勇强 编
《红楼梦》探源	吴世昌 著
《西游记》漫话	林 庚 著
史诗《红楼梦》	何其芳 著
	王叔晖 图 蒙 木 编
细说红楼	周绍良 著
红楼小讲	周汝昌 著 周伦玲 整理

曹雪芹的故事	周汝昌 著 周伦玲 整理
古典小说漫稿	吴小如 著
三生石上旧精魂 ——中国古代小说与宗教	白化文 著
《金瓶梅》十二讲	宁宗一 著
中国古典小说十五讲	宁宗一 著
古体小说论要	程毅中 著
近体小说论要	程毅中 著
《聊斋志异》面面观	马振方 著
《儒林外史》简说	何满子 著

我的杂学	周作人 著 张丽华 编
写作常谈	叶圣陶 著
中国骈文概论	瞿兑之 著
谈修养	朱光潜 著
给青年的十二封信	朱光潜 著
论雅俗共赏	朱自清 著
文学概论讲义	老 舍 著
中国文学史导论	罗 庸 著 杜志勇 辑校
给少男少女	李霁野 著
古典文学略述	王季思 著 王兆凯 编
古典戏曲略说	王季思 著 王兆凯 编
鲁迅批判	李长之 著
唐代进士行卷与文学	程千帆 著
说八股	启 功 张中行 金克木 著
译余偶拾	杨宪益 著
文学漫识	杨宪益 著
三国谈心录	金性尧 著
夜阑话韩柳	金性尧 著
漫谈西方文学	李赋宁 著
历代笔记概述	刘叶秋 著

周作人概观	舒　芜　著
古代文学入门	王运熙　著　董伯韬　编
有琴一张	资中筠　著
中国文化与世界文化	乐黛云　著
新文学小讲	严家炎　著
回归，还是出发	高尔泰　著
文学的阅读	洪子诚　著
中国文学1949—1989	洪子诚　著
鲁迅作品细读	钱理群　著
中国戏曲	么书仪　著
元曲十题	么书仪　著
唐宋八大家 ——古代散文的典范	葛晓音　选译

辛亥革命亲历记	吴玉章　著
中国历史讲话	熊十力　著
中国史学入门	顾颉刚　著　何启君　整理
秦汉的方士与儒生	顾颉刚　著
三国史话	吕思勉　著
史学要论	李大钊　著
中国近代史	蒋廷黻　著
民族与古代中国史	傅斯年　著
五谷史话	万国鼎　著　徐定懿　编
民族文话	郑振铎　著
史料与史学	翦伯赞　著
秦汉史九讲	翦伯赞　著
唐代社会概略	黄现璠　著
清史简述	郑天挺　著
两汉社会生活概述	谢国桢　著
中国文化与中国的兵	雷海宗　著
元史讲座	韩儒林　著

魏晋南北朝史稿	贺昌群　著
汉唐精神	贺昌群　著
海上丝路与文化交流	常任侠　著
中国史纲	张荫麟　著
两宋史纲	张荫麟　著
北宋政治改革家王安石	邓广铭　著
从紫禁城到故宫 ——营建、艺术、史事	单士元　著
春秋史	童书业　著
明史简述	吴　晗　著
朱元璋传	吴　晗　著
明朝开国史	吴　晗　著
旧史新谈	吴　晗　著　习　之　编
史学遗产六讲	白寿彝　著
先秦思想讲话	杨向奎　著
司马迁之人格与风格	李长之　著
历史人物	郭沫若　著
屈原研究（增订本）	郭沫若　著
考古寻根记	苏秉琦　著
舆地勾稽六十年	谭其骧　著
魏晋南北朝隋唐史	唐长孺　著
秦汉史略	何兹全　著
魏晋南北朝史略	何兹全　著
司马迁	季镇淮　著
唐王朝的崛起与兴盛	汪　篯　著
南北朝史话	程应镠　著
二千年间	胡　绳　著
论三国人物	方诗铭　著
辽代史话	陈　述　著
考古发现与中西文化交流	宿　白　著
清史三百年	戴　逸　著

清史寻踪	戴　逸　著
走出中国近代史	章开沅　著
中国古代政治文明讲略	张传玺　著
艺术、神话与祭祀	张光直　著
	刘　静　乌鲁木加甫　译
中国古代衣食住行	许嘉璐　著
辽夏金元小史	邱树森　著
中国古代史学十讲	瞿林东　著
宾虹论画	黄宾虹　著
中国绘画史	陈师曾　著
和青年朋友谈书法	沈尹默　著
中国画法研究	吕凤子　著
桥梁史话	茅以升　著
中国戏剧史讲座	周贻白　著
中国戏剧简史	董每戡　著
西洋戏剧简史	董每戡　著
俞平伯说昆曲	俞平伯　著　陈　均　编
新建筑与流派	童　寯　著
论园	童　寯　著
拙匠随笔	梁思成　著　林　洙　编
中国建筑艺术	梁思成　著　林　洙　编
沈从文讲文物	沈从文　著　王　风　编
中国画的艺术	徐悲鸿　著　马小起　编
中国绘画史纲	傅抱石　著
龙坡谈艺	台静农　著
中国舞蹈史话	常任侠　著
中国美术史谈	常任侠　著
说书与戏曲	金受申　著
世界美术名作二十讲	傅　雷　著
中国画论体系及其批评	李长之　著

金石书画漫谈	启　功　著　赵仁珪　编
吞山怀谷 ——中国山水园林艺术	汪菊渊　著
故宫探微	朱家溍　著
中国古代音乐与舞蹈	阴法鲁　著　刘玉才　编
梓翁说园	陈从周　著
旧戏新谈	黄　裳　著
民间年画十讲	王树村　著　姜彦文　编
民间美术与民俗	王树村　著　姜彦文　编
长城史话	罗哲文　著
天工人巧 ——中国古园林六讲	罗哲文　著
现代建筑奠基人	罗小未　著
世界桥梁趣谈	唐寰澄　著
如何欣赏一座桥	唐寰澄　著
桥梁的故事	唐寰澄　著
园林的意境	周维权　著
万方安和 ——皇家园林的故事	周维权　著
乡土漫谈	陈志华　著
现代建筑的故事	吴焕加　著
中国古代建筑概说	傅熹年　著
简易哲学纲要	蔡元培　著
大学教育	蔡元培　著 北大元培学院　编
老子、孔子、墨子及其学派	梁启超　著
春秋战国思想史话	嵇文甫　著
晚明思想史论	嵇文甫　著
新人生论	冯友兰　著
中国哲学与未来世界哲学	冯友兰　著

谈美　朱光潜　著
谈美书简　朱光潜　著
中国古代心理学思想　潘　菽　著
新人生观　罗家伦　著
佛教基本知识　周叔迦　著
儒学述要　罗　庸　著　杜志勇　辑校
老子其人其书及其学派　詹剑峰　著
周易简要　李镜池　著　李铭建　编
希腊漫话　罗念生　著
佛教常识答问　赵朴初　著
维也纳学派哲学　洪　谦　著
大一统与儒家思想　杨向奎　著
孔子的故事　李长之　著
西洋哲学史　李长之　著
哲学讲话　艾思奇　著
中国文化六讲　何兹全　著
墨子与墨家　任继愈　著
中华慧命续千年　萧萐父　著
儒学十讲　汤一介　著
汉化佛教与佛寺　白化文　著
传统文化六讲　金开诚　著　金舒年　徐令缘　编
美是自由的象征　高尔泰　著
艺术的觉醒　高尔泰　著
中华文化片论　冯天瑜　著
儒者的智慧　郭齐勇　著

中国政治思想史　吕思勉　著
市政制度　张慰慈　著
政治学大纲　张慰慈　著
民俗与迷信　江绍原　著　陈泳超　整理
政治的学问　钱端升　著　钱元强　编

从古典经济学派到马克思	陈岱孙　著
乡土中国	费孝通　著
社会调查自白	费孝通　著
怎样做好律师	张思之　著　孙国栋　编
中西之交	陈乐民　著
律师与法治	江　平　著　孙国栋　编
经济学常识	吴敬琏　著　马国川　编

中国化学史稿	张子高　编著
中国机械工程发明史	刘仙洲　著
天道与人文	竺可桢　著　施爱东　编
中国医学史略	范行准　著
优选法与统筹法平话	华罗庚　著
数学知识竞赛五讲	华罗庚　著
中国历史上的科学发明（插图本）	钱伟长　著

出版说明

“大家小书”多是一代大家的经典著作，在还属于手抄的著述年代里，每个字都是经过作者精琢细磨之后所拣选的。为尊重作者写作习惯和遣词风格、尊重语言文字自身发展流变的规律，为读者提供一个可靠的版本，“大家小书”对于已经经典化的作品不进行现代汉语的规范化处理。

本书收录文章均写于二十世纪三四十年代，即中华人民共和国成立之前。作者讽刺了当时社会各种不合理现象，文笔辛辣，措辞有写作伊初的时代特征，引文亦不甚严格，文中所用地名皆为当时行政区划名称，提请读者注意。

北京出版社